我存在过

邓歌——著

海天出版社
HAITIAN PUBLISHING HOUSE
·深圳·

图书在版编目（CIP）数据

我存在过 / 邓歌著. — 深圳 : 海天出版社,
2022.3
ISBN 978-7-5507-3340-4

Ⅰ.①我… Ⅱ.①邓… Ⅲ.①短篇小说－小说集－中
国－当代 Ⅳ.①I247.7

中国版本图书馆CIP数据核字(2021)第233187号

我 存 在 过
WO CUNZAI GUO

出 品 人	聂雄前
责 任 编 辑	林凌珠
责 任 校 对	叶 果
责 任 技 编	梁立新
封 面 设 计	ABOOK STUDIO 鬼哥 Design QQI476454071

出 版 发 行	海天出版社
地 址	深圳市彩田南路海天综合大厦（518033）
网 址	www.htph.com.cn
订 购 电 话	0755-83460239（邮购、团购）
设 计 制 作	深圳市龙瀚文化传播有限公司 0755-33133493
印 刷	深圳市希望印务有限公司
开 本	889mm×1194mm 1/32
印 张	7.5
字 数	141千
版 次	2022年3月第1版
印 次	2022年3月第1次
定 价	38.00元

谨以此书献给

我出生的城市

武汉

目 录

全是少女的舞台

1

　　冰凉破败的围墙边上，生着一丛野草，硬生生从碎石缝里挤出来，迸发着新绿色的恶意，好似在嘀咕："坚硬的东西有什么了不起的，看我在这片灰色中，还不是照样茂盛得很。"

　　这旁边既没有池塘，也没有花坛。大片水泥地面上，搭着几个易于拆除的简易仓库。仓库外歪歪斜斜的货架上，塞满了长短不同、粗细不一的海绵棍，躺着大堆整张的海绵。一些碎块海绵被装在麻布袋子里，扎好堆在门口。仓库的木门上有醒目的防火标志涂鸦——一团鲜红的卡通火焰图案，被姜黄色的禁止符号覆盖着。

　　一双白皙纤长的手搭上来，一看便知是个女孩。她慢慢顺着墙边小心摸索，差点碰到一块镶嵌在水泥中的绿色玻璃。那是个碎啤酒瓶底子，时间久了，玻璃碎片的边缘已被风吹雨打磨得圆滑，并不太锋利。一件厚实的军装风帆布外套被抛了上去，盖住了墙上大部分尖锐的石块和碎玻璃。

那女孩留着齐门帘娃娃头，穿着黑T恤和运动裤，戴着一顶渔夫帽，遮掩着眼睛，属于少女中的硬妹模样。她垫着那件军装风帆布外套爬过围墙，再将外套扯了回去，抖了抖穿回身上。这衣服宽大到足以罩下两个她。

她没有化妆，营养不良的暗黄色皮肤上，长着几点分布好看的雀斑。她眉头紧锁，充满灵气的双眸中没有笑意，直愣愣地看着防火标志中的火焰，时不时揉下眼睛，表情青涩难懂。

仓库门被女孩偷偷打开了，里面放着工厂积压、等待被包装出售的布娃娃，堆积成山。无论这些娃娃各自有什么可爱特征，有什么为人熟知的背景故事，又或者是某个热门动画片里面的当红角色，只要被这样堆着，就会让人无法对它们产生什么童话幻想，反而会让人清楚地意识到，它们都是用搅碎了的海绵块填充而来的。那女孩从娃娃堆里拾起一只粉色的小鹿，拍了拍它身上的灰尘，勾在怀里，就好像唯独这一只与众不同。

她走到仓库最里面，用几个矮货架拼成桌子和板凳，在上面散放了纸和笔。她从双肩书包里拿出一台破笔记本电脑、一个头戴式耳机，又拿出一只简易的话筒。

清晨的露珠已将外面的那丛野草打湿，海绵堆被风吹得微微颤动。一只麻雀娇嫩地鸣叫着，"呜嘀""呜嘀"，一声更比一声任性。

那女孩点击了播放键，音乐响起，鼓点叮咚叮咚就像霜糖被敲碎。她坐在桌子前，面对着话筒，随着节奏比画双手。声音从喉咙里弹出时，有一种急不可耐的连贯与冲动。

用努力得到尊重不妄想是一场梦。
人生在世多少人能打破有多少人掌控。

她脖子上挂着条银链，吊坠是一枚古银材质的心脏，藏在衣服领口里面，随着唱词颤动，贴着温热而震动着的喉咙。

可以用行动去证明想要去表达的诚心，
下一个是你不是你为那段时光而珍惜，
当你听到我声音我早已拿到了冠军，
不需要任何的原因是因为付出了真心。

她叫何初心，是附近中学高三的学生。每天早上的五点半至七点半，她在这里练习说唱，然后再去学校上课。

"保持清醒！"她迈进校门后，向前伸了一下脖子，扭动肩膀舒展双臂，将双手交叉，使骨头发出清脆的"咔咔"声，再放到脑后。

上课预备铃已响，不远处的L形四层教学楼上，每一间教室的前后门都敞开着，学生们零零散散地进入教室后就再不见出来，像被自动收纳的杂物。

何初心抬头一看，三楼栏杆转角处，站着三个女同学。

就算是瞪大眼睛细看，她们三个人的差别也不大。差不多的身高，一样的披肩长发，一样的斜刘海，一样瘦削的脸庞。她们都穿着校服裙，腿袜的高度也是一样，都用了方头厚底鞋替代球鞋。如果不是她们三人依靠着栏杆的姿势不同，手里拿着不同的东西在吃，会让人怀疑是自己用眼过度，视觉上产生了重影。

她们并不是三胞胎，虽然有着不同的姓，可名字也难以分清。这么高度一致的行为，是三人以"友谊至上"原则在私下约定的"公平"。既然是同盟者，三个人必须一样强弱。谁也不准有什么花样，显得自己与众不同。一旦三人中有一人没有遵从一致，那她就是背叛了友谊，另外的两个人应该立马联合，对那个标新立异者进行约束和惩罚，不能破坏这整齐划一的美感。

她们同进同出，甚至上厕所的时间也一致。她们并排从教室走廊经过，迫使同学们纷纷贴墙让道，就像俄罗斯方块游戏里最长的横条般难搞。

这三人有一个共识——这学校就是她们的舞台，而她们就如同命定的天女一般，共同组成一份极致的美丽。不管在哪儿，她们的姿态与站位都是精心设计过的。她们对那些两两相好的同学不屑一顾，对落单的同学更是趾高气扬。

同学们私底下对她们是侧目的，连去区分一下她们的耐心也没有，谁是站在中间的那一个也不重要，统称她们为

"僚机一二三号"。

这个班上最高的男生叫岳夏，是个满脸坏笑的聪明男孩。他偷偷地对着她们三个人的背影吐口水，做出竖起三根手指的不雅动作，旁边站着看的四个男生忍不住笑了。

"僚机一二三号"一回头，岳夏立马收起表情，转过身，对站在旁边傻笑的四个人挨个用巴掌扇了过去。

"啊！""啊！""啊！""啊！"叫痛声连成四四拍，被抽的人挨个捂着头蹲下身去。

何初心出现在走道尽头，正面遇到"僚机一二三号"，毫无为她们让道的意思。一段冷静的僵持后，何初心抬高下巴，用帽檐遮掩下半闭着的双眼挨个扫视她们，然后面朝正前方，硬生生从她们中间穿过去，撞歪了其中两人的肩膀。

这种对峙日积月累，导致何初心遭到了"僚机一二三号"的针对性攻击。她们将同学们分成三组，跟他们一个一个私聊，说何初心的父亲是罪犯，姐姐在外面卖淫；对班主任老师诬告何初心在校外混帮派，是不良少女。班级里有人丢了东西，她们总要将怀疑的矛头引向何初心。

这些烦人的伎俩，就算没有人附和，也够吵闹了。"僚机一二三号"同仇敌忾，只想找一切机会攻击何初心。她们在班级里营造出一种"随时要将事情搞大"的紧张气氛，无关的同学也会受到影响。而在这场三对一的对抗中，何初心总是不解释、不在乎、不反击。

女生们纷纷对何初心避而远之，不和她做眼神接触，甚至在她主动攀谈时，狠心当面转身走开。

这个班级的男生多数像女生一样胆小，经常在岳夏的拳打脚踢之下发出夸张的尖叫声来。他们一看到何初心，就刻意弯下腰，让出一条可以走的道来。

岳夏身高快一米九，像一座巨大的高山，他的爱好就是把班级其他男生揍得嗷嗷叫，没有理由，不需要原因。当一个男生的领子被他揪住时，只要能在他拳头落下之前先行尖叫，且说句能让他满意的话，兴许可以逃过一劫。

"这些人都不重要。"何初心穿过教室，坐回自己后排靠窗的座位上，暗自想。

岳夏就隔着一条走道，坐在她旁边。他时不时斜眼偷看她，侧身摇晃着咯吱作响的椅子，用口哨吹着滑稽小曲。"别看爷平时没跟你说话，其实一直都在暗中保护你呢。"他想表达的大概是这个意思，任何人都知道。

何初心目不斜视，就像旁边坐着团空气般。她的目光穿过校园的操场，看向远处的娃娃厂，废墟一样的荒地，简陋的、铝皮做的蓝色屋顶。

2

破旧的木书桌上，摆着一面椭圆形的镜子。镜子中间的部分被擦得锃亮，边缘的部分泛起乳白色光斑，塑料边框与镜面的夹缝处还有几团微小的绿褐色浸渍，像是被用了十几年。镜子旁是整齐排列的化妆品瓶瓶罐罐，放在一个透明亚克力托盘上。

这是个老式的五层砖混楼小院，这间屋在二楼。窗外浓密的树荫下，居民运动器械上站着几个老人。他们手扶拉杆，脚踏托板，双臂交叉来回运动，和双腿的动势相反。这动作幅度大，力度也很猛，稍有差池就会闪了腰，可他们就要这样。

几个老爹爹围在不远处树下的石桌边下中国象棋，或沉思不语，或紧皱眉头，输赢之间经常较真，谁都不让谁。

几个六十好几的老太太凑在另一旁，眉飞色舞地聊起各门各户的家长里短，凑着头窃窃私语，捂着嘴窃笑。其中一人故意扬起嗓门说"这你就不知道了吧"，另外几人配合着做出恍然大悟的表情，再一同左右张望，发出错落有致的哄笑合奏。

老旧的挂钟敲了五下，老人们纷纷准备回家做饭。这时，何初雪穿着一件小碎花棉布睡衣走到桌前，关上了窗户，端坐到镜子前，按亮台灯。

她用发带盘起头发，认真地为自己的肤色打底。涂完厚重的粉底，原本清秀灵动的五官变得苦涩、麻木、毫无血色。她拿起笔，描绘了刻意加长的眉毛和眼线，人为制造出妩媚的表情。深色眼影刷上后，变成了带有冷冷笑意，但又似刚哭过的凄婉样子。嘴唇上方的绒毛显示着她还年轻，可是深红的唇膏又使她显得饱经世故。她的嘴唇深抿，阻止人们产生多余的寒暄。

镜子里的何初雪，和化妆前判若两人。房间变暗了，她眼中的镜子开始出现裂痕，随即破碎纷飞。碎片反射着隐约抽动嘴角的微笑，冉冉滑动的泪水，猛烈撞击下女人的哭喊和惨叫。

门口传来钥匙转动的声音，妹妹何初心进了屋，这让她回过神来。

"你要出门了吗？"

"是呀，给你热了蒸饺，快吃吧。"

何初雪换上一身藕色荷叶袖连衣裙，双腿笔直修长。她走到客厅，看了看在餐桌前难以下咽的妹妹。她到厨房倒了杯水，加了半片薄薄的柠檬，端到何初心面前，又转身到门口衣架上的小皮包里拿出手机。稍作犹豫，她将三百元打给妹妹。

"你买点书看吧。"

"我攒钱买新耳机呢。"

何初心低头摸出裤子口袋里的手机，点了收款，抬头看着姐姐坐在门口的小板凳上，换上一双米白色细高跟鞋，在裙子外面裹了件厚外套。

"这学期要报志愿了。"

"那你有想法吗？"

"如果考不上大学，我想去读个调酒师的课程，至少和你的工作同步，我们还可以一起上下班。"

何初雪没有接话，蹙起眉头若有所思。

从小，何初心就特别仰慕姐姐。姐姐很美，成绩好，还有一副清亮的好歌喉。可自己，甭管哪一样都很平庸。

"你姐姐真是个灵魂歌手，天生就是吃这碗饭的。""你如果有你姐姐那么认真就好了。""虽然是姐妹，但是天赋完全不同。"何初心经常从老师嘴里听到这种话。姐姐高中毕业时，轻松考上了这个城市唯一的音乐学院，主修声乐，辅修作曲。

姐姐上大学几个月后，就带一个穿着休闲西装、梳着一丝不苟服帖短发的学长回家，他叫天逸。

这是从未有过的事。常年因病在家久不见外人的妈妈，格外重视此事。她进屋换了一身衣服，化了淡妆才出来。家里也特地为此买了一条上好的鳜鱼，爸爸拿出了家里珍藏的唯一的二十年陈酿。

"我不喝酒，谢谢您。"天逸学长只动了几次筷子，一副没有食欲的样子。姐姐给他夹了菜，他微颔了下首。"我们学校，每年到了寒暑假，有两次去欧洲游学的机会。今年冬天的名额，我为初雪争取到了一个。"

爸爸犹自端起倒了白酒的小杯，"那需要准备多少钱？"

天逸学长望了表情惊诧的姐姐一眼，将头转向父亲。"我们一般会去当地的音乐学院进修，整个要待二十多天，准备个十万元应该就可以了。如果在那边节省一点的话，还是够用的。"说完之后，他低头将筷子端正放在饭碗边沿。

天逸学长的话令姐姐觉得很突然，她沉思了片刻，家里靠着父亲一个人的收入生活，积蓄并无多少，此时若要支出这笔钱，一定会让父亲为难。

"我还是新生，要不等二年级再说吧。"

学校期末汇报演出时，全家都去了。那是个树木环绕、绿荫茂盛的院区，错落矗立着几座由百年历史建筑改成的教学楼，保留了传统的深绿色木门窗和深褐色拼花大理石地板。

演出礼堂的空间很高阔，这里在解放前是大型会议礼堂，酱红色帷幕边，端正地放着一架古董三角钢琴。

"接下来，由一年级新生何初雪，带来一首女声独唱《我亲爱的爸爸》。这是意大利歌剧作曲家普契尼，在1918年创作的歌剧《贾尼·斯基基》中的咏叹调。"

舞台上的字幕机徐徐出现中文歌词：

我亲爱的爸爸，
我爱那英俊的少年。
我愿到罗萨门去，
买一个结婚戒指。
我无论如何要去，
假如您不答应，
我就到威克桥上，
纵身投入那河水里。
我多痛苦，我多悲伤。
啊！天哪！我宁愿死去！
爸爸，我恳求你！
爸爸，我恳求你！

何初雪穿着白裙，站在帷幕中央的光柱下。那婉转、张弛有度的高音，就像一条随意控制的弹性皮绳，时而变成轻快抽打的皮鞭，带着小马驹跨过草原；时而变成厚重的绳索，拉扯着巨大的船帆，在海上沉静航行。

父亲那样一个说话轻言细语的人，平时出门都选最不显眼的衣服穿，那天却熨烫好自己仅有的一件羊毛呢西装，专门买了一条领带，还特地理了发，挺直腰杆坐在观众席家长群中，看起来像一个积极的销售代表。

　　父亲旁边坐着天逸学长的父母，他们衣着时尚，神情自如，形体和气质都依然年轻，举手投足间都刻意显出对金钱的毫不在乎，就好像是一辈子也不会受欺负的人。

　　身为银行底层小职员、平时在单位里对任何人都很谦卑的父亲，看着何初雪在舞台上的样子，无端涌现出深刻的自责。"我和你母亲都不懂音乐，以你姐姐的天赋，如果是生在一个富有的家庭，恐怕早就可以去到更广阔的天地。"父亲后悔自己大半辈子与世无争，只追求安逸的家庭生活，以致在女儿的梦想面前，低微到一无是处。

　　当一份爱超出了现实，催生了不切实际的妄想，再因求而不得，产生强求的意愿，竟会使人一步步走向深渊。

　　当父亲突然被警察带走之后，全家人才知道，他为了让何初雪能有一个好的条件无忧无虑地学习，为了让她可以去到更远的地方，犯了无法弥补的错误。

　　一开始，他有计划地小笔贪污，后来逐渐扩大金额。为了不被上司发现，他用贪污来的钱，铤而走险去赌博，希望能填补漏洞，结果却产生出更大的漏洞。他对家人隐瞒秘密，希望一人承担这噩梦，结果给家庭带来了灭顶之灾。

　　这一切的演变过程，仅在一年之内。

　　父亲因贪污巨款，被判刑二十年，一向和他相处融洽、恩爱和睦的母亲瞬间就崩溃了。这个头发柔软稀疏、喜欢穿碎花裙子、娇小柔弱的家庭主妇，因为早年失去工作的打击，长年累月地抑郁，导致患下慢性胃病，已经迫使丈夫扛下了太多。

她拉着何初雪的手臂大声喊叫："你爸爸是被冤枉的，他是最善良的人，不会做那样的事情。"她丝毫未察觉，自己的指甲已经深深掐进了女儿的肉里。直到丈夫在法庭上认罪，法官将槌子重重敲下的那一刻，她才被迫接受了这个现实。

她先是摇摇晃晃地站了起来，身体颤抖抽搐，就像一个马上要呕吐出来的癫痫病人，接着双腿跪下，直接瘫倒在地上。

从那以后，她每天起床后便呆坐着，家里的一切改由何初雪操持。一开始她只是不洗脸不洗澡，到后面连衣服都需要女儿们强行帮忙穿上，否则便要光着身体在屋子里走。她无法正常吃东西，全靠喂食，有时刚吃下去就会吐出来。

当一个人的精神垮掉时，作为载体的肉身，就像一个轻易可以被敲碎掉的容器。母亲在父亲入狱六个月后查出胃癌，经过几个月的抢救，最终还是去世了。

自从母亲生病，何初雪就开始去亲戚家借钱。从小作为骄傲被父母挂在嘴边的她，低着头对亲戚说："向您借的钱，我以后一定会还的。"

虽然亲戚们嘴上都说"真是可怜啊"，能借出的钱也十分之少，但对于父亲罪行的细节，却询问得十分细致。"你父亲是从什么时候开始赌博的？""为什么看起来老实可靠的他，会走上这条道路啊？"何初雪低着头，被迫反复面对这些问题。

有的亲戚打开房门看到她，不愿意多言语，直接说："我们没有钱，抱歉。"然后关上门，这反而显得仁慈多了。

家里出事后，天逸学长就直接对何初雪视而不见了。她从此不再去学校，开始在酒吧驻唱，每天晚出早归，总是和妹妹错开了交流的时机，也脱离了原来梦想的轨道。

有一次，何初心去酒吧找姐姐拿钥匙，那里灯光晦暗，霓虹灯闪烁，音乐十分喧闹。有些穿着廉价吊带短裙，身上披层纱，化着浓妆的女人，她们的眼神在人群中扫来扫去，想击中点什么。

"你是何初心吧？"一个看起来比姐姐大几岁的男人，递给她一瓶啤酒。这男人穿着花色夸张的短袖嬉皮衬衫，留着单侧剃青的半头长发。他脖子上有纹身，和姐姐站在一起气质差异很大，就像是公主和流氓，但他和这里的氛围更搭。他是这里的领班，张罗着酒吧服务员收拾客人打碎的酒瓶，将醉汉妥善送到门外。

"叫我大龙。"他走过来，向何初心举起啤酒，对着自己的嘴巴倒了半瓶，凸出的喉结剧烈抖动。

何初心完全不知道该说什么，赶紧拿起瓶子，学他的样子灌了两口。她很少接触社会上的男性，十分紧张。

"你会唱歌吗？"大龙淡淡一笑，为了减少她的紧张感，往后退了小段距离。

何初心摇了摇头。其实她也喜欢唱歌，可是她根本就拿不准音调。不管她怎么使劲，那些唱音就像散落一地的念珠，失控地滚动，从不会出现在合适的地方。不仅如此，她的身体动作也笨拙，走路摇摇晃晃的。每次麦克风传递到了何初心手里，她还没唱几句，就总被周围的人指出："你又跑调了""你真的不适合唱歌"。这使得她更加害怕，更削弱了她的控制力。

姐姐就完全不一样了。"那就是女人味吧。"当姐姐从后台走上舞台，何初心注意到，大龙的眼睛直勾勾地看了过去。姐姐朝妹妹的方向看了一眼，然后低下头扶着话筒架，当她再次抬头，凝神注视着台下的观众时，便自然流露出了哀伤的眼神。

任何男人都会被打动吧。

在那次去过酒吧后不久，何初心意外在互联网上接触到了说唱。

这是一种带有强烈节奏感，由念白组成的音乐，她很快就被吸引了。这种演唱方式几乎是在说话，可以用张扬大胆的语气，压准了拍子就会产生协调感，如果歌词在句末押韵，便能将整个段落贯穿起来。

何初心用了一年的时间揣摩那些经典说唱歌曲的创作规律，尝试着将原有的歌词替换成自己写的字句。渐渐地，她学会了下载伴奏的Beat（音乐节奏），从此她便彻底迷上了说唱。

她成天泡在网络聊天室里，那里有来自全国各地的说唱爱好者。那些人相互都见不着面，各自用ID抢麦，轮流发言。不知道为何，她一旦在网络上，就有了很多平时从未有过的表达。她变得活泼善谈、爱笑，能融入别人的话题之中。

　　"退出聊天室之后，他们会不会和我一样失落？"人们在聊天室里如鱼得水，信手拈来各种提神的话题。他们竟然让她感到亲近！尽管从未见过面，但那些声音却变得日益熟悉起来。

　　有时聊天室里的人会随着一段音乐节奏，即兴说出押韵的句子，这就是Freestyle。同一个节奏，由几个人一直连贯地轮流传递下去。有些人喜欢夹带点脏话，像对一切都满不在乎，可仔细点听，却隐约能听出点心事。何初心也开始参与其中，可以连着玩一晚上。

　　"这些人，也许都和我一样。"何初心感觉到了，在聊天室那些不停地快速滚动的字幕背后，是一张张孤独的面孔。

　　"我们这是，孤心者俱乐部。"一个网名叫西瓜的男生，一直在聊天室里带节奏，催着大家吐露心声。"哟哟哟要么现在，大家说一下自己最难过的事情，好不好？"

　　"我爸经常打我妈，我恨死他了，可我妈却从来不会恨他。"

　　"我很小就失去了双亲，被爷爷奶奶带大。现在爷爷瘫痪在床，奶奶的腰都快弯到九十度了。我的天是灰色的。"

　　"我有一只小猫，它吃了楼道里的老鼠药，死掉了。我想，这都是我的错吧，我对不起它。"

　　"我曾经爱过一个女孩，那是我人生中第一次。她很美丽也善良。可是那时候我太年轻，还以为我们有很多时间，所以并没有对她表白，直到她被一个人渣追走。他经常打她。"

西瓜主控麦克风的发言次序。"何初心，轮到你了。"

"我……我……我是何初心。"她突然结巴起来，她一直有这毛病。

一晃眼，何初心已经高三了。她看着姐姐往脖颈喷上浓郁的香水，穿上反复修补过的白色漆皮高跟鞋，走出家门时背影寂寥。在酒吧里驻唱，一晚上能赚到两三百元。

时常有债主上门催债，有的人会说出刻薄言语。"你不是会唱歌吗？人长得也不错呀！为什么不去做点有用的事情呢？你看看人家那些做直播的姑娘，每天坐在家里，就只是随便露一下，也能赚好几万呢！"

姐姐试过，为此还给卧室贴上了粉色的墙纸，装上了暧昧的粉色灯光。做直播和在舞台上演出完全不一样，需要穿很紧的裙子，要和观众寒暄说话，还要不停对刷礼物的人点名致谢。有些花了大钱的人会要求加姐姐微信，她还曾收到一些男人发来的露出下体的恶心照片。

姐姐脸色黯淡。"当歌里不再有灵魂，唱的人，也只不过是为了取悦一些根本不懂歌的观众罢了。"

想到这里，何初心已经吃完。她将碗筷端到厨房，用抹布擦洗后，放回到架子上。

她走进姐姐的房间看了看，整齐的床铺上放着一件穿旧了的棉布碎花睡衣。她拿起来闻了闻，有股婴儿爽身粉味的柔软清香。每次姐姐回家洗了澡之后才会换上这件睡衣，一点儿香水味都没有残留。

她走回隔壁由储藏室改成的小房间，那是她的卧室。桦木窄床上放着姐姐为她洗好晾干的校服。她坐在床边，脱下球鞋和袜子，光脚踩在地上。她拿出手机，打开播放器点了首轻缓的Beat，走到衣柜的穿衣镜前，认真摆弄着手势。

我忘了初心本质应该怎么做，
最后仅仅剩下我自己拼命苟且地活。

说唱音乐和古典音乐，就像是两个世界。这种二十世纪九十年代诞生于美国黑人区的音乐，将内心独白融入节奏，仿佛是一种人人都可以掌握的魔法，天然就赋予人抒发自我、随性摇摆的动力，让人几乎可以忘记所有烦恼。

夜很快就深了。何初心做完作业，打开电脑，对着简易麦克风录下自己新写的词，还没唱几句，隔壁传来一串叫骂。

"唱什么唱！一屋子丧门星，闹了几多年？"这斥骂声在悄无声息的居民楼里清晰无比，羞得何初心将头埋进手臂。

"还是明早去娃娃厂再唱吧。在那里，哪怕是大声痛哭，也没人听见呢！"

何初心关上了灯，平躺在小床上。"你怎么不去死呢？"她小声骂道，怀里抱着从娃娃厂捡回来的粉色小鹿。

3

一位花白头发的历史老师在黑板上缓慢写出"甲午战"几个字，"争"字刚写了第一笔，坐在何初心旁边的岳夏突然遮住嘴，发出了"嘣呲嘣呲嘣嘣嘣嘣"的Beatbox①声，班级后排几个原本昏昏欲睡的男生立刻回神，趁机跟着节奏猥琐摇摆。

历史老师气得粉笔一扔，回头怒目而视。

声音停止了，前排的同学们脸上还挂着笑，后排那几个男生立马定住。岳夏双手交叉正襟危坐，旁边的何初心则是直接趴在桌上睡觉。老人家气不打一处来，目光从这些学生的脸上一一扫过，连跺了几脚，骂了句"都是废物"！

终于下了课，后排男生们以光速冲出教室。岳夏怀揣着一个脏篮球，撞到刚进门的女班主任。

"你没长眼睛吗！"班主任一脸不耐烦的表情，翻了个

---

① 一种用口腔和喉咙来模仿各种打击乐器音效的音乐表达方式。

白眼，仿佛这群调皮的学生就是她加速衰老的原因。岳夏眼睛眨巴眨巴，吐吐舌头，坏笑一下就跑了。

"何初心！"班主任摇醒了她。何初心赶紧擦了擦嘴边的口水，捋了捋头发，不知道自己又惹出了什么麻烦。

刚刚她做了一个梦。娃娃厂的秘密仓库变成了一座教堂，姐姐出现在那里。她穿着一身纯白的演出礼服，就像童话里刚刚醒来的公主。布娃娃们都活了过来，纷纷从地上站了起来，小鹿也从自己怀里跳到了地上。娃娃们簇拥着姐姐，变成了她的听众。姐姐只唱了一句就停住了，表情变得痛苦又狰狞。她的额头长出角来，皮肤肌理开始骤变，上面凸现出难看的圆形斑点。一对翅膀从她背后扑扇而出，带着蓝幽幽的火焰，娃娃们燃烧了起来。

"你姐姐出事了。"班主任直截了当地说。

那簇象征着纯洁无畏的野生白色百合稍显脱水。正是因为有这束鲜花的遮盖，何初雪才得以在装饰了满天星的棺材里，只露出左边完整的脸颊。她脸上右边的眼眶和头骨已经完全塌陷，就像战争中受到轰炸坍塌了一半的建筑，被掩盖在白色百合的阴影里。

她还是完美的，比在世的时候更纯洁。

何初雪是在中午大约十二点钟，阳光最炽烈的时候，顺着楼梯走上五楼的天台。她爬上栏杆后，纵身一跃，正好摔在楼下老头老太太们聚集的水泥地上。

　　"我还以为她要去天台收衣服。"何初雪死之前碰到的最后一个人，是楼上的一个退休女会计，她带着哭腔对警察陈述："我下楼的时候正好碰见她，她就那样平静，和平时没啥差别，也没和我打招呼，就那样走上去了。我正好在花坛那动动腿脚，她就那样直通通落下来，砸出一声闷响，眼睛还睁着，快给我心脏病都吓出来了。"

　　何初雪穿着一件米白色的演出服，这是她曾经在校园舞台演出的装束，身体退缩到白色百合和满天星组成的花丛中。

　　棺材被抬到带有滚轮的不锈钢担架上，何初心抱着姐姐的照片，紧紧跟着移动的担架，眼睛环顾着四周。

　　那些过去认识她的人，挨个耷拉着肩膀，压低脖子，从她面前走过。每个人都感叹这生命年轻、脆弱，同时也带着一种"我可没有参与迫害她"的自我撇清，好像从不曾了解她的绝望。

　　"这件事的起因是什么？"何初心强撑着已经极度疲累的神经，试图在吊唁人群的一张张面孔上找到线索，可是越去想就越累，脑子就像被灌进了水泥，或是沉重的铅块。"这些人没一个是好的。"

　　姐姐生前的恋人天逸学长和那个大龙，都没有出现。

　　"我完了。"她感觉到太阳光刺眼又强烈晃动，间歇在眼前闪白，照得她要晕过去。"这一切，是为什么？"

　　棺材两边被打开，尸体垫着薄板，顺着滚轴轮被推进了焚烧炉。那些鲜花着火了。

　　父亲被警察带走时，何初心没有说话，甚至没有流露出意外或者惊恐或者悲伤等情绪。母亲去世时，她也没有哭。她看到姐姐为了给母亲治病四处哀求借款，偷偷产生了"妈妈真的是没用"的消极想法。"也许这对姐姐来说是一种解脱。"她想。

　　父母从小就偏爱姐姐，何初心常有"无论我怎么努力，他们实际上只会更关心姐姐"的猜测。她时常怀疑父母对自己的感情也许都是敷衍。

　　爸爸在出事前的某一天，拿回来一个硬纸壳做的幻彩色包装袋。"过几天就是我的生日了。"何初心偷窥了包装袋，里面放着一个乳白漆面的盒子，"看一看总没事吧。"

　　"你别动啊！这是给你姐姐上舞台穿的鞋！"爸爸脾气比以前大了，他抢过何初心手里的盒子。他很少这么对何初心说话，尽管她从小就很调皮，总是试图招来重视。

　　何初心以超乎寻常的专注，偏心地爱着姐姐，从她还是个婴儿的时候起。

　　"姐姐！"她牙牙学语时的呢喃，逗起姐姐一阵大笑。

　　小学时，池塘边有一只小狗落水了，姐姐脱下鞋子去救。她含着眼泪，拉着姐姐的手，不愿意放开，惹得姐姐对她大声叫喊："你别被我拉下去了！"她偏要拉着。

　　初中时，她在放学回家路上来了月经。"不要怕，是你长大了！"姐姐脱了身上的衣服，系到了她的腰上。

　　她发自本能地依恋姐姐，她齐头帘遮挡下深沉的目光，只会放在姐姐一个人身上，对其他人毫不在乎。"爸爸本身就是个闷呆瓜，妈妈更闷呆！"她常有幻想，"多希望能换成姐姐的身份，成为像她那样的人。"

可如今，只剩下她自己了，那至美的女神也被焚毁了。

"我宁可和她交换，如果死的是我，也许会更好。"想到这里，她在路边蹲下，双臂抱住膝盖，埋着头开始哭泣。

何初心去了姐姐工作的酒吧，去找那个叫大龙的男人。酒吧的老板枫姐，一个穿着大宽袖的刺绣袍子，化着浓妆的中年女人，她小心环视了一下周围，摆手示意何初心跟着她。

她们走到酒吧舞台的后台，这里是姐姐平时演出前化妆的地方。"这是你姐姐在我们这最后的薪水，加上我的一点心意，你拿好。"她打给了何初心两万块钱，然后扶了下何初心的手臂。

"你别告诉别人你是初雪的妹妹，我们这还得做生意，也怕人议论。"枫姐面露难色，充满歉疚。"就你姐姐出事前两三天，大龙突然辞职了。他和你姐在一起一年多了，一直都在帮你姐姐还债。"她瞳孔漆黑，目光深邃，摊了摊手。

"大龙走后隔了一天，你姐姐还来过店里一次，她收拾了东西，什么话都没说就离开了。"枫姐用染了哑光黑长指甲的手，掏出根烟，给自己点上。

"大龙，他是个玩说唱的。"

4

　　天已经黑了，何初心穿过一条布满涂鸦的狭窄巷道，巷道两边站满了穿着破烂大T恤、滑板裤，头发染得五颜六色的年轻人。有几个脏辫男孩一联排蹲在马路边上，他们插科打诨，轮流两两Battle（较量）。Live House①门口，几个穿着铆钉皮衣外套和过膝短裙的妹子正准备点烟。

　　何初心藏在帽衫阴影之中的视线避开和所有人直接眼神接触，径直走到Live House门口，推开嘎吱作响的木门。

　　这里每周都会举办一场比赛，奖金一千元。很多歌手都会来，赢了能拿钱，输了就当作磨练。再不济，能当个观众也行，在音乐中消磨一晚。

　　门一开，里面的音乐声随之爆响开来，让人感觉像突然走进了一条电光隧道，进入了一个被折叠了的次元。一群人在里面随着音乐摇摆，有几个人聚集在吧台报名处。

---

① 小型现场演出场所。

何初心走了过去。"让一下！让一下！"她被一个背着书包，穿着高中校服的女孩推开。那女孩挤到了她前面，挥着肉嘟嘟的小手，拍打着报名处的桌面。

"报名！我报名！快写上！我是小导弹。"

那女孩扎着高高的双马尾，小小的个子，但发育得很好。人如其名，她精神抖擞的样子，活像一枚整装待发的小号导弹。

旁人挤眉弄眼，当稀奇看。"让一让！让一让！"小导弹满不在乎地挤出人群，直奔后台而去，校服短裙微微扬起。

九点整，全场灯光换成明亮的基调，比赛要开始了。

舞台的另一端有一个单独的小后台，大龙从那里走了出来。"我是本场比赛的裁判，来自'龙门'的大龙。所有的参赛选手，请上台！"

这时，和小导弹一同站在大后台等候的何初心，手心里沁出汗来。她只见过大龙一次，是在一年多以前。如今她已经变成大姑娘的样子，头发也长了许多，他应该认不出来了吧。今天她刻意戴了顶宽檐渔夫帽和一副浅灰色宽幅遮阳镜，鼻子以上部分遮得严严实实的，厚实的帽衫兜住下巴，挡住下颌轮廓。

"今天的舞台很壮观大家都在下面看，我待会儿就会让这里爆炸因为我是小导弹。"选手自我介绍时，何初心排在小导弹后面。麦克风传到了她手上，音乐在继续，"哟哟哟哟哟哟"，她连续喊了两个八拍，虽然都压在点上了，但还是心情复杂，一下子开不了口。台下的观众在笑，小导弹在一旁替她着急，赶紧跳了一小段即兴舞蹈来撑场。

何初心闭着眼睛，抱着麦克风喊了一声："大家好，我是心妹。"可能是因为缺乏现场经验，也可能是因为蓄力了太久，这声音十分大，竟像吼出来的一般，音响发出嘶嘶的杂音。

舞台前方，大龙站在歌手前面，正忙着与观众们互动。听到这声音，他突然转过头来。那一眼只有一瞬，在那个近乎定格的画面中，何初心的神经已经绷到最紧。"可能他注意到名字了吧，但愿他猜不出来。"

大龙的目光只停留了半秒，便转过头去继续卖力地和观众们互动。场下的一百多人被他喊出的节奏鼓动，伸出双臂或者原地跳起。有的人双臂张开，像生出了翅膀，想要飞起来的样子。

人类的悲欢离合轮番上演，每个人释放热情的方式都不一样，但在大龙和音乐的引领下显得和谐，在酒精和情绪的催化下汇聚成为聚光灯下的狂乱。

有的人押着节奏扭动屁股，双手举到天上；有的人前后交替踮脚，就像在一个虚构的跑步机上；有的人自顾自摇头晃脑，就像在跟人耍赖，根本不在乎押不押拍；有的人像在打架，抡着胳膊对着空气挥打，就好像看得见仇人的幻影。五光十色之下，什么样的动作都有，形成一道独特风景。

　　节奏如潮水般退去，音浪平息。大龙低沉了嗓音，开始宣布比赛流程，庄重又正式。"以你们发出的噪音来决定胜负！"

　　这个大龙，据聊天室的人议论，他目前已经是这个城市最有声望的说唱歌手之一。他出生在棚户区，少年失学后，带着街上遇到的一帮孩子打零工，都是些家里出了事，也不愿意留在学校的小兄弟。他们没有学历，也没有什么背景，最后大都流入一些夜间营业的场所，形成一个群体。

　　说唱在这个城市已经有些历史了。最早出现的是"云端"，后来有了"自洄游"，这些厂牌的人数都很少。大龙在创办了"龙门"之后，将那帮街头的孩子聚拢到了一起，声势一下子超过了原有的那些说唱群体。大龙不断在各种酒吧里举办说唱活动，使他们有大量的时间练习。他们原本就是一些流离失所、性格怪异的"边缘人"，音乐成了他们的情绪出口。

　　两轮淘汰赛后，何初心和小导弹都晋级了。八强选手站到台上，开始重新抽签。

　　"我不要抽到你！我不要抽到你！"小导弹嘟起小嘴，脸颊急得涨红起来，可是她偏偏就抽到何初心。

　　"啊！心妹！"她摇晃着脑袋，辫子一甩一甩，给何初心逗乐了。这女孩怎么突然就跟自己这么亲近了，自己又为什么就无法抗拒了呢？

　　两个一见面就熟稔起来的女孩，手拉着手上了台，台下发出一阵哄笑。她们中有一个会被淘汰，另一个进入四强。偏偏她们俩，是十六名参赛者中仅有的两名女生。

何初心希望女生能冲到最后，自觉不管哪方面，都没有小导弹强。小导弹仅仅十六岁，就在前两轮比赛中，以一种倔强可爱的蛮力，获得了观众们的喜欢。她思维敏捷，风趣幽默，每处韵脚都透着伶俐娴熟，竟然生出一种独特风格。

"这女孩太可爱了！"观众们频频拿起手机，对着小导弹一阵跟拍。"小导弹！""小导弹！"她一路以高比例的呼声胜出。

"小导弹比我更有天赋。"虽然已经苦苦练习了很久，何初心表现得还是有点紧张，也有第一次上台的缘故，没有发挥出自己最好的水平。还有另一个原因，总有一层心思，使她无法完全集中注意力。

每当大龙冲她喊"心妹"，她都有一种"他到底有没有怀疑我的身份"的顾虑，也会因"也许他现在已经忘了姐姐"这样的想法而黯然神伤。

连她自己也没想清楚，她到底是抱着什么样的目的，来参加这个比赛的。她只知道，如果今天输了，以后她肯定还会再来的。她将以更强烈的企图心，催生出更顽强的意志。

何初心暗自做了决定，上台后就弃权认输。这正好可以给小导弹休息一轮的时间，轻松入阵四强的比赛。

"我弃权，我认输！"

"心妹！不要啊！你也是最棒的！"

"没关系。"何初心上前一步，握住小导弹的手，"我相信你可以走到最后的！"

退赛后，何初心去后台拿了一瓶矿泉水，从小挎包里掏出姐姐平时用来保护嗓子的含片，递给了还在舞台一侧，一边观察其他选手表现一边思考战术的小导弹。

"心妹！"小导弹又赢了一场。她高兴地靠了过来，将胳膊贴着何初心。

"比赛完了之后，你可不可以陪我回家住呀，你可以和我睡一张床。我跟我爸说，今晚是陪同学看电影。他不让我到这种地方来，你帮我做个证。"

"噢，好吧，反正我家也没人。"何初心点了点头。

这时，舞台上响起了决赛的音乐。如果是在古代，这也许会是号角的嘶鸣，在如今这个时代，则是喧闹的电子乐节拍。

随着音乐节奏的渐进加强，小导弹拉开后台的门帘，强烈的舞台灯光、音响的震感、人群欢呼的热浪，一切扑面而来。她迎头走进那片光里，就像在何初心的梦里一般。

光的对面，是已经沸腾的人群。有人起了头，人群齐喊："小导弹！""小导弹！""小导弹！"

仅一个晚上的时间，现场观众已经对参赛者产生了自己的预判和喜爱偏好，小导弹无疑是热度最高的选手。

她每次都能机智地接住对手的梗，或者挑出对方的毛病来发动攻击。这需要大脑反应速度快，要能随心所欲地运用词汇，舞台表现力也很重要，同时还要有鲜明的个性。同时具备这些条件的人并不多，女孩就更少了。

多年来，在地下音乐舞台上，女性数量大约仅占百分之五。而小导弹，是这百分之五里的佼佼者。如果她赢了今天的决赛，这意味着她成了这战场上的领头羊，将代表这个城市，去参加在北京举办的全国赛。

有的观众稍有顾虑："代表城市参赛，可不是一件闹着玩的事情。这女孩行吗？"

站在小导弹对面的，是身高一米八五，魁梧雄壮的"龙门"选手龙尔斯。他穿着一件灰色罩衫，衣服背面绣着一条喷火的龙。

大家都知道龙尔斯是大龙的徒弟，平时横扫大小酒吧里的Battle战地，领走好多次奖金。大家本以为他今晚铁定能毫无悬念地拿到冠军的，谁知道杀出一个势均力敌的小导弹。

龙尔斯看着像是个厚道的男孩，面对小导弹，他先是愣了一下，接着对她友好一笑。他嗓门粗野，短茬茬的桩子头被染成金黄色，皮肤白得透着青筋。他眼睛里沁着血红细丝，一副睡眠不足的样子。随着DJ放出决赛开始的音乐篇章，大龙喊出最后的召集令，这意味着，今晚的最后一场比赛即将开始。

小导弹和龙尔斯面对面站着。两个人一大一小，舞台上一左一右，可爱和凶猛对峙。

他们面朝对方走了过去，那麦克风就在两人之间。

5

窗外种着槐树和椴树，灌木丛被修剪成圆墩子，这是一座精心打理过的小花园。这里也和何初心家一样，是在二楼，只不过房间装饰要豪华许多。"喵呜"一声，一只体型巨大的蓝白色缅因长毛猫跳到了双层蕾丝窗帘边的写字台上，将一瓶忘记盖上盖子的饮料打翻，又跳向了床铺。

"啊啊啊！"小导弹尖叫着醒了，猫咪就站在她肚子上。她摇了摇躺在一旁，背对着她蜷缩着的何初心。

"要不要再加个蛋？"小导弹的妈妈系着围裙，她是一个大嗓门，眉眼长得很开，一看便是个心宽舒坦的女人。

"不要！"小导弹坐在饭桌前。这是个用白色大理石装饰墙面的大屋子，客厅里放着一个西洋风格的小鸟水盆。大铁笼子里养着一只毛色鲜艳的大鹦鹉，学着小导弹的声音喊着"不要"！

小导弹搅起一大团沾着黄油和番茄酱的意大利面，盛到何初心面前的盘子里，又给她叉了一个煎蛋。破碎的流心蛋黄流到了面条的周围，接着钻进了油煎腊肠的底部。

小导弹的父亲从卧室里走了出来，他是个刑警，身材粗壮，穿着一身便服。小导弹的五官和他很相似，浓密的眉毛和厚实的嘴唇，连倔强的表情也神似。

小导弹一看见父亲就显得格外紧张，便使劲吃，发出嗞嗞的声响，眼睛不敢看向他。

"注意吃相。"他一开口说话，就和小导弹完全不同，语速缓慢，给人端正严谨的感觉。那大鹦鹉扑扇了两下翅膀，也学着刻意放慢语速："注意吃相！"

"今天我送你们。"他从桌子边拿过小导弹的书包，拉开拉链检查了一番。

行驶的车上，小导弹看着窗外一言不发，和昨天叽叽喳喳说个不停相比，今天像换了个人。何初心不小心瞅到了小导弹的父亲从车里的后视镜中扫向自己的审视的目光，感觉格外不自在。

回到家，房门打开之时，扬起一阵浓密的灰尘，在光线中飞散荡漾。何初心差点儿一口气呛着，赶紧捂住要打喷嚏的口鼻。她目光缓缓所及之处，全都是过去的记忆。厨房里的水杯已经很久没有洗过了，方便饭盒堆得到处都是。

姐姐去世后，何初心压抑了很长一段时间。她在屋子里寻找蛛丝马迹，希望知道姐姐自杀的原因。她翻到了一个小木盒，里面装着一块男士手表和一些酒店VIP卡。

偶尔她会在半夜惊醒，听见有人捶门，吓得她一整天不敢出去。那些人在门外张贴了印着"欠债还钱"的大字报。这个家，已经待不下去了。

离开家时她带走了一个皮箱，是姐姐上大学时用的，里面装了些衣服，各种叠穿、混搭的基本单品，春夏秋冬都够穿，几乎都是黑色或草绿色的。她还带了两双球鞋和一双高筒皮靴，背了一个斜挎大书包，里面放了一台旧笔记本电脑、一个麦克风、一部手机、一个化妆包和一个证件包。

她走到家门口姐姐之前换鞋的地方，墙上还挂着姐姐的衣服。她从墙上取下姐姐的小挎包，从里面取出姐姐的手机，放进自己外套的口袋里。这部手机无论她怎么想办法都猜不到打开的密码，各种有可能的数字组合都无效。

何初心将自己的身份证放在了枫姐面前的吧台上，枫姐拿起来看了看，放回原处，转身从架子上拿下一瓶野格，给何初心倒了一小杯。

"成年了，恭喜你。"枫姐大约四十岁，经营酒吧十几年了，也没赚到什么钱。她成天打扮得妩媚妖娆，招惹一些有型有款的男人，也没见过哪一个能正经留在她身边的。

"我这也缺人，你要来我不反对。不过你姐姐，肯定还是希望你能继续读书。"

"我现在读不进去，想先工作。"

"行吧，敬你一杯。"

枫姐将何初心安置在酒吧里打工，做点零碎的小事。她在枫姐酒吧的阁楼上拥有了一个自己的小房间。低矮一点没关系，被她布置得很温馨。她将废报纸揉皱后贴到墙上，再贴上歌手海报和涂鸦不干胶贴纸。房间里有一扇小窗子，窗外是露台，窗台上搁着一排从娃娃厂拿来的小熊。一个简易的小衣柜边侧，贴了块镜面玻璃。一张单人电脑桌上，放着一盏椭圆形小台灯，还有她的笔记本电脑。

手头上有事做之后，何初心稍微恢复了一点活力，她再次和网络聊天室的朋友联系。"我找了一份工作，以后可能晚上会很忙。"

聊天室里原来那个饶舌特别厉害的男孩西瓜还在，他已经上大学，弄了一个自己的音乐厂牌，取名为"绿洲"，召集了一帮和他差不多年纪的大学生。

这个城市被称为九省通衢，有一百三十万大学生，这是个庞大的群体。西瓜说话很幽默，总是能带动气氛。他思路清晰，擅长组织，可以同时和几十人沟通，并且不会让哪一个人觉得自己被忽视了。他张罗大家一起练习写歌，如果写出了好的作品，再由他找人制作成像样的单曲。

"何初心！你只要别忘记我们就行！等你忙完这阵了，大家伙儿就出来见面，一起去你工作的地方找你，咱们当面玩Freestyle到天亮。工作归工作，你别忘了创作！"

何初心写了好几首歌，都是西瓜帮忙制作的。她偶尔会给枫姐的舞台做点现场表演。时代变了，人们接受了说唱。何初心不擅长像姐姐那样唱旋律，但是却非常适合说唱。有些事，她只能通过歌来表达。也经常有观众给她鼓掌，是一些将这里当做庇护所的人。

一个中年男人几乎每天傍晚都来，胳肢窝下夹着个公文包，看起来像刚下班。他一来便找枫姐喝酒，却非常鄙视在酒吧里游荡的那些浓妆艳抹的女孩。"那些都是烂货。"他喝醉了，眼皮耷拉着，眼睛布满血丝，瞪着何初心，看着十分可怜。从枫姐嘴里知道，这男人离了婚，前妻带着孩子去了美国，从此他就迷上了酒精。

几个三十岁左右的富婆经常来，有时候她们会带着几个二十岁左右的男孩。他们并不乖巧，经常甩脸色。

"你们这些狠心的女人啊，下得了手！"枫姐挤兑其中一个干瘦矮小、涂着深红色口红的女人。对方笑着推了枫姐一把："你当你爱嚼腊肉，就是个善茬了是吗？"

枫姐原本担心，换了何初心唱歌，会让观众不适应，可没想到他们一点都不在乎。"哇！帅气的姑娘！来来来！收姐姐一个红包哎！拿去买支口红！"

一些新来的年轻顾客，喜欢听何初心唱歌。"我感觉你会红哎！"有人这么说，何初心表面客气，心里想："你们懂啥？比起我姐姐，我还差得远呢。"

夜深了的时候，酒吧里隔三差五会闹出点动静。有的人喝得太醉就开始砸东西，有的人抱在一起嚎啕大哭，有的人会拎着啤酒瓶子逮着人追。经常有一些年轻的姑娘以为在这里买醉可以疗伤，其实无非是在青葱一样的年纪遇到一把又一把的菜刀，任人切割。她们已经悲伤到必须烂醉，将自己的身体交由陌生人扶持，去陌生的地方。枫姐看到这些直叹气，明里暗里护着她们。

警察常来，何初心已经见多不怪了。每晚酒吧打烊后，就突然寂静下来，空荡荡的有回声。她和几个服务员协作做完清洁，天就渐渐亮了。

何初心的房间外面是一个躲在霓虹灯牌后面的大露台。越过那些交缠了电线的巨大灯箱，可以看到繁华的商业街区。临街的橱窗里站着笔直的人偶，展示着昂贵的高端品牌服饰。

马路上川流熙攘，时常传来堵车时烦躁的鸣笛声。骑着自行车或者电动摩托的人们偶尔穿插其中，个个显得形色匆匆。

这里是市中心主干道旁的小商业街，商铺被分割成小豆腐块，面积都不大，但租金并不便宜。本地人都喜欢来这里闲逛，但在这里开店和打工的，几乎都是外地人。穷人和富人的生活，被这巨大的霓虹灯牌隔开。

清晨，这里也会有麻雀的叫声，就和娃娃厂那边一样。每到这时，何初心才能安心睡下。

酒吧里为了防老鼠，养了一只活泼的小黑猫。这猫就独独赖上何初心了，平时她走到哪儿它就跟到哪儿，有时坐她怀里，有时用屁股蹭她的腿。临到她要睡了，它就扒在她房门上一直喵喵叫唤。她拗不过它，只好放它进房间依偎。

何初心夜晚工作，白天大多数时间用来睡觉，下午两点起来后，便去娃娃厂仓库做练习。

"我靠！这里好！就这里了！"小导弹往后一顿，冲过去一脚踢开娃娃厂仓库的大门，引得身边的龙尔斯哈哈大笑。"这里真是个隐蔽的好地方！但你们两个女孩在这边还是挺危险的，以后还是我来保护你们算了。"

三个人围坐在仓库里的桌子前，轮流播放自己喜欢的音乐，讨论着学习。不知不觉，天很快就要黑了。

"我晕，今天周几？"何初心突然意识到，今晚是周末，还要帮枫姐收门票。慌乱之中，她拿起笔记本电脑就跑出仓库。小导弹揣着她留下的麦克风，心情沉重了起来。

"我……送你回家吧。"龙尔斯这时突然言语磕磕绊绊起来，人高马大的他，脸红到了鬓角。平时都是小导弹和何初心在一起时，才会叫他来。现在，是他第一次和小导弹单独相处。

"小龙，你怎么了？"小导弹有点惊讶。龙尔斯经常在人群中吼嗓，词汇量巨大，几乎是张口就来。他一直是Battle的王者呀，此时竟然畏畏缩缩，拧巴得像个榆木疙瘩。

"没什么啊。"龙尔斯故意朝另一边侧过头去，尽量不去看她。他已经二十四岁了，连初中都没上过，早早就出来挣钱，打过各种零工，餐厅服务员、加油站小工、修车铺学徒，他都做过，现在主要是在酒吧里当保安。就是在这样的环境中，他拿着本词典自学语文。在大龙的影响下，他看了一些书，为人十分随和。他加入"龙门"之后，处处维护大龙。平时公司的所有演出他都参加，只要是对大龙有帮助的事，他都会去做。

这一高一矮两个身影，相互隔着一米远，一起走在这穷街陋巷之中，影子被逐渐亮起的街灯拉长。

到了晚上，小导弹思前想后，将麦克风藏到床底下，用不干胶贴纸把它贴到了床板上。何初心在微信上对她说："千万别被你爸看到了！你别放在书包里。我明天请假，到你家来拿。"

第二天早上，小导弹出门前，依然被父亲检查了书包。"你那个同学，叫心妹的，真名叫什么呀？"父亲等红灯时，一边通过后视镜观察她的面部表情，一边询问道。

"心妹是她的……""艺名"两个字还没说出口，看到父亲扫过来的目光，她立即改口，"外号！她真名叫何初心！"

她父亲的眼神闪过一丝疑虑。

"心妹，你为什么不再去上学了？"小导弹在娃娃厂仓库的房间里突然问她。今天她们没有麦克风，只好围着笔记本电脑看教学视频。龙尔斯在门外来回踱步，苦练Freestyle。

"我不喜欢那些人。"此时何初心本应该留在课堂上为高考备战，她想起班上的那些同学，便全然没有了这个心思。她觉得读大学对于她来讲很不实际，姐姐以前就读过，曾经离梦想很近，但最后还是摔下来了。

这时龙尔斯推了门进来，何初心呆呆看着他衣服上绣着的龙纹，心思飘到远处。她回想起在比赛舞台上的大龙，这个大龙怎么看都不像一个坏人。一时间她心情复杂，到底发生了什么样的事情，可以使姐姐一下子陷入绝望？

"走，到我家去吧。"小导弹撞醒了发呆的何初心。

小导弹蹑手蹑脚地用钥匙打开了家里的大门，赫然看到门口桌子上放着的麦克风，那不干胶贴纸还没有全部撕下，像堆乱糟糟的废物摆在那里。她第一个反应是马上对身后的何初心小声说："你赶紧走！等我消息。"说完便将她推下两级楼梯，自己单独一人进了门。

"你说怎么办吧？"父亲阴沉着脸，靠着椅背，双臂交叉抱在胸前，"这到底是谁的？你是不是又在外面交了唱歌的朋友？不是和你说了，考上大学之前，别老想着玩这个吗？"

"我凭什么不能玩？"小导弹被父亲骂出了倔强，"我不是小孩子了！我还赢过比赛呢！我比别人玩得好！"

"你玩得好？"父亲猛地站起来，拎起麦克风，朝家里阳台走去，那里正对着楼下的花园。

"唉唉唉！干什么？这是别人的！"小导弹紧跟在父亲后面，跑到阳台，"求你了！你还给我，我以后不唱歌就是了！"

父亲举高麦克风，作势要往楼下扔。"你说，那个叫何初心的女生，你到底在哪认识的？她根本不是你们学校的！"

"不是我们学校的又怎样？她绝对是好人！"小导弹跺

着脚，试图冲上前去，从父亲手里抢下麦克风。

父亲看着小导弹，生出一口闷气。这个孩子长得像他，只是性格随了母亲，太容易相信人。

他工作十分繁忙，经常半夜被紧急叫到局里。长年累月没日没夜跟案子，早就使他神经紧绷。

这几个月里，他负责调查一起少女遇害的案件。那个小女孩叫辛蕊，年仅十三岁。当她的尸体被找到时，他去了现场。那具连最后一丝柔软也失去了的瘦小身体，令他不自觉浑身颤抖，这不是他一个经验丰富的刑警应该有的反应。

法医从死者身上和衣物上提取不到任何指纹，在尸体阴道内提取到凶手的精液。除此之外，并没有其他线索。

调查到辛蕊家里，发现她卧室墙上贴了很多音乐演出的海报。据辛蕊的妈妈反映，这孩子正值青春期，十分叛逆。事出当天，她瞒着家人去外面看演出，便再也没有回家。

从此，他开始对地下音乐的演出场所进行调查。他发现本地音乐厂牌人员众多，一时半会儿从这些人身上找不到什么线索，也难以确定目标范围。

这条街上，每隔几个店铺就有一家酒吧，鱼龙混杂。这些酒吧多是一些厌倦了跑商的中年人抱着"酒价利润高""就当是给朋友找了个聚会的地儿"的冲动想法脑热挥金后的产物。这里也有爱好音乐文化，为了观众一直坚持下去的店家，那是极少数，更多的是开了没几个月便转让，让下一个筑梦者接盘。

他守在辛蕊遇害前去看过演出的Live House门口，正坐在车里抽烟，突然看见自己的女儿小导弹，背着书包出现在这条街上，惊得烟头掉在了驾驶座和车门的缝隙里。

他下了车，悄悄跟着女儿，想看看她要去哪里，此时一个电话正好打来。"头儿，局里有事。"等他回过神，女儿已经消失在街道拐角。这里离她的学校很远，根本不是她该来的地方。那天晚上回到家，他一进门就冲到女儿的卧室，推开门，看到她穿着件粉红色睡衣，抱着猫，一脸无辜的表情。

"你不懂我！"小导弹挥舞着手臂，眼看就要抓住麦克风的插线了，"你根本不在乎我在乎什么！"

他又想起辛蕊，那少女为了喜欢的音乐，出现在不该出现的地方，付出了生命的代价。想到这里他心如刀绞，举起麦克风，使劲往阳台外扔去。

小导弹扬起双臂冲过去，试图抓住那插线，一脚踩到了阳台边的花架上，连同被丢出去的麦克风一起，摔下楼去。

6

年轻的护士小云，在医院门诊楼职工更衣室旁的楼梯间里，抽完了一根烟。这里一个人都没有，她警惕地张望，用厚重牛皮靴的前掌部分将烟头熄灭。这双皱纹深刻的皮靴，内侧已被磨出一道道划痕。

她打开储物柜，将随身背的黑色双肩包扔了进去，再放进去一个摩托车头盔。她穿着一套修身的黑色运动衣，外面套了件镶了铆钉的黑色皮衣。她将它们统统脱下，塞进了柜子里，身上只剩下一件黑色蕾丝吊带裙。她的头发很乱，锁骨处有一大块纹身，是一个天使捧着麦克风的图案。

她在柜子门上的小方镜前卸着妆，用厚大的海绵蘸上卸妆的啫喱，擦掉烟熏色眼影和睫毛膏。几个换好衣服的小护士从旁边经过，看见她的背影，便加快了步伐。

小云将护士裙直接穿在了吊带裙外面，扣上刚刚好遮住纹身的衣领，梳好一条马尾辫，将头发盘起，用发卡端正固定到护士帽里面。

她面前镜子里的墙上，是发黄的南丁格尔海报。

"52床，呼叫。"护士站的对讲机里，传来胖护士不耐烦的粗嗓门。"一个小丫头，腿摔骨折了。没大事，就是话多，并且还闹，最好找个人盯着点。"

"我去吧。"小云看了一眼身旁椅子上昨晚一夜没睡、体力已经透支的护士长，她刚刚去病房查过一轮床，才坐下没多久。

这里是深秋的医院，走道上等候的老人看到小云经过纷纷让道，眼睛里尽是巴望和凄惶。还有些外地人，已经在这里待了好几天了，住在过道上或者输液室里。医院的饮水机是他们的源泉，方便面盒子把所有的垃圾桶填满，清洁工拖着垃圾车忙进忙出。

小云快步穿过人群，走到住院部病房区，转了几个弯，找到走廊尽头的那个房间。

一开门，那病人正是小导弹。她扎着两个小辫子，偏要将绑了石膏的腿翘在床栏上。她将头靠在枕头上，看见小云进来，就侧过脸来大声嘟囔："我什么时候可以出去？我必须出去！"

小云走到她身边，给她绑上血压测量仪。

"你是个Rapper（说唱歌手），对吗？"

"你怎么知道！"小导弹看着面前一身护士装扮、戴着医用口罩的小云，记不起来在哪见过。"你是？"

那是在一个铺了暗红色地毯的潮流酒店，墙上挂着巨幅的线条装饰涂鸦，无论怎么装饰边框，也还是显得画面内容空洞无意义，与标榜前卫的装修并不协调。写着"金麦克全国说唱大赛城市海选"的巨大条幅悬挂在酒店中庭。

小云跟在四个队友的身后，出现在报名处。

领头的男人留着一头飘逸长发，二十八岁左右，中等身材，瘦得像道闪电。他眉头微蹙，下巴向前伸出，留着精心修剪过的胡须。这是一种复古的审美，伴随着强烈的自豪感，注重完备的盔甲。他的衣服质感考究，优质牛皮和厚浆黑帆布上装饰了重工刺绣。他身边的几个人和他着装风格一致，差别细微，只是没有他那般具有头领的气质。

他身后除了小云，还站着三个男人，一个胖光头，一个瘦光头，还有一个脏辫。这个梳着一头及腰脏辫的人，长相清秀，鼻子上打了个环，一双手上戴着五个雕工精细的戒指，脖子上的项链得有一米多，一直垂到了腰间。

除了他们，满场晃悠的都是穿着宽大运动衫、板裤、破旧球鞋、戴着棒球帽或者渔夫帽，头发染得五颜六色的大学生。

"那就是子豪！自洄游！本地四大厂牌之一！"人群中有人议论他们。"他们都有哈雷呀！哪来的这么多钱？"

"这关你事吗？"那个脏辫听到议论后，从报名处疾步走过来，腿上的链子咣当作响，逼近刚才说话的大学生。

"飞机，你们报名就完事，吓什么人！"人群里一个穿着肥大运动服的胖男孩站了出来，将刚才小声议论的瘦弱男孩挡在身后。听声音就知道，他就是那个何初心在网络聊天室里认识的朋友，"绿洲"厂牌的头领西瓜。他两百多斤的身材，配着一张略带笑意的宽脸，说起话来声音宛如一道闷雷。

人群嗅到热闹的气息，围拢到西瓜身边。"这家伙好跩啊！""装得跟真的一样，哈哈。"不知是谁在这时"噗"的一下放出一枚响屁，引来笑声和嘘声。

飞机原地站定，对着逐渐聚拢过来的人们伸出那双戴了五枚戒指的手掌，捋了捋自己的脏辫，对西瓜邪魅一笑。他屁股左右摆动，扭着腰，阴阳怪气地说："哟，小胖西瓜，人多要闹事啊。"

"谁说我们要闹事了？"西瓜压低声音笑着说话，"我就看看你这浑身爱嘚瑟的毛病，赛场上自然会让你服服帖帖的。"西瓜收起笑，扬扬眉毛。

子豪这时走了过来，两个光头和小云紧跟其后。西瓜的眼神越过面前几个男人，不断对小云上下打量。"哟，子豪，今天带的姑娘，竟然还报名参赛了？以前带的妞，不都是些'花瓶'吗？品位提升了呀。"

现场乌压压一片人，而小云是唯一的女性。

子豪走上前一步，脸对着脸阻隔了西瓜望向小云的视线。他比西瓜稍矮一点，近距离仰着头，像只斗志昂扬的公鸡。

"没见过妞啊？"子豪旁边的胖光头大声吼道。

"呵呵。"西瓜连看都没看那胖光头，只盯着子豪的脸，略踮起脚，从他头顶望向小云。"姑娘你可别跟他走，以后要吃亏的！"西瓜往后退一步，对着子豪和飞机他们几个摊了摊手，"姑娘你要学习说唱，可以去我的聊天室呀。"

"这人，每次看演出都带着不同的姑娘。""不就是有点臭钱么！""这男人是个渣！"人群中议论声此起彼伏。

人们心目中的本地四大厂牌，排在第一位的是大龙带领的"龙门"。"龙门"的成员主要来自酒吧从业群体，具有丰富的舞台经验，通常也是本地比赛的承办方。其次就是子豪带领的"自洄游"，他们是一些家境良好的机车党，年龄都在二十七八，都是用一份主职养着自己的爱好，他们拥有最好的录音棚。而历史最悠久、最讲究技术的厂牌是"云端"，他们的成员已经固定化，并且非常神秘，也远离纷争，偶尔会出现在音乐节上，基本上不会出现在今天这样的场合。而这群由高校学生组成的群体"绿洲"，平均年龄只有二十岁左右，平时就用最简陋的设备录歌。

"绿洲"这群人，由西瓜集结起来。他们最年轻、最穷，人数也最多，和"自洄游"是对立的。

子豪不发一言，一副满不在乎的表情，转身就走，小云和其他队友也跟了出去。

"比赛见哦！别吓得不敢来了。"他们背后的西瓜喊道，这令子豪的脸色愈加阴沉。

子豪一队人经过酒店门口的旋转门，刚好与结伴进来的小导弹和何初心擦肩而过，小云和她们对视了一眼。

四大厂牌加起来有一百多人，其中女孩的人数不超过五个。

小云二十四岁了，从医学院毕业后就搬进了单位宿舍，尽量不待在家里。她的父亲是医学院教授，家中兄弟四个，他是长子。平时他就不苟言笑，保持着冷静的情绪。她的母亲是一家大医院的护士长，精神一直紧张焦虑，碎碎念个不停。

"咱们家小云啊，交了个不靠谱的男朋友！我和她爸都可担心了！原本在她医院里给她找了个骨科医生，还是他爸同学的孩子呢，可是她愣是看不上，非要跟个稀奇古怪的搞音乐的男的在一起。你们趁早给她多介绍几个正常男人吧，再这样下去要出事的！好好的工作不专心做，喜欢什么唱歌。过几年，我得想办法给她弄到身边来。"这天是国庆节，一桌子亲戚在饭店吃饭。母亲坐不住，挨个给叔叔婶婶们絮叨这些事，重复了好几遍，好像小云听不到似的。

"我还有事，先走了。"大家吃好饭后，小云起身告辞。

"你别走啊！还没帮叔叔婶婶们打疫苗呢！快过来帮我擦酒精！"小云的母亲从座椅后面拿出一个医药箱，"哎，你们最近几天都喝了酒没啊？"小云的母亲用湿纸巾擦擦手，"可别出什么事呀！"

家里这些长辈都在公家单位，平时都会想尽各种办法节约生活开支。就连卫生纸、垃圾袋这种小东西，都要取用单位资源。

"嫂子真周到。我们家都不敢看病，房贷压得紧。"混得最差的小叔在邮政局工作。如今的邮政局被快递行业冲击，效益和待遇都开始走下坡路。可他不甘心落伍，硬攒了三套房子，一套自己住，一套给孩子，再留一套防老。他们家人喜欢攒房，平时吃穿都节省，连烟都舍不得抽。

"小云！快点！快点！"胖护士冲进急诊室里面的隔间，几个护工推着一辆担架车跟了进来，护士长紧随其后。

小云赶紧站了起来，把未吃完的盒饭丢进垃圾桶。

"来不及了。"护士长紧皱着眉头，查看了医生诊断书，"联系到家属没？"

"没，她是晕倒在马路上，由路人打120送来的。"胖护士太急了，不小心踢翻了垃圾桶，"她身上也没有身份证，我们刚联系了派出所，他们拍照登报了。现在该怎么办？"

"哎。"护士长百般无奈。

这病人看起来大约六十多岁，是一个瘦如枯木、面目黧黑的老妇人，手臂已呈紫青色，心电图上的波形已成一条直线，仪器发出绝望的延长音。

小云按照护士长的指示，肩背发力，双掌叠放在老妇人胸前心脏处进行按压。一下，又一下，再一下，五分钟过去了，小云的刘海已经被汗水打湿，但病人的情况仍没有丝毫转机。

"哎，没办法了。"胖护士撤掉了输液和仪器，"真是太可怜了。"

"医生！救救我的儿子！"外面又来了一个外伤病人，撕心裂肺的喊声、哭声混乱成一片。

"小云，收拾一下。"护士长和其他人赶紧迎了出去，房间里只剩下小云和这老妇人。

嘈杂的声音渐渐远离，护士长她们送病人去手术室了，周遭安静了下来。小云仔细端详那老妇人，她真的太瘦了，留着及耳短发，眼眶已经深陷，嘴巴微张着，像是要倾诉什么。她已经远离痛苦了，不管她经历了什么。

小云用缝成方块的纱布沾了稀释过的酒精，擦洗她露出来的皮肤。从额头开始，脸颊，脖子，胸口，手臂，肚子，腿。她将老妇人胸前的扣子扣上，将她拢到胳膊肘的袖子舒展到手腕。老妇人穿着一只鞋，另一只脚光着，袜子也不知去向。小云脱掉了尸体上的鞋，将自己的一双袜子脱下，给她换上。

"我给你唱首歌吧。"小云对这具尸体说。

晚上，子豪从录音棚出来，用摩托车载着小云。他一直开到湖边风景区，沿着小路前行。车前灯照出一条狭窄的路，两边都是寂静的荷塘。

荷叶都枯萎了，有些已沉没在水中。有些花茎已经断了，折落开来，像一根根插在池塘中的木棍。每隔几米，就有几根坚韧的花茎，还坚持支撑着衰败的荷叶。那些荷叶之前茂盛过，现在变得干枯，卷了起来，没什么精神。即使是这样，它们也比沉入水底的那些显得傲气。

两人一路上就没看见过其他人影，这里还没怎么经过商业开发，还没装栏杆。忽然风大了起来，"嗖"的一下把小云脖子上的丝巾吹落了，飘去了湖中。

子豪停下车，走到湖边，张望纱巾落下去的方向。那条黑底装饰白色腰果花纹的丝巾是他送给她的。

"绿洲那些人说的，你会介意吗？"他背对着小云，长发凌乱拍打着装饰了铆钉的皮衣领子。他转过身，小云又露出那种直勾勾看着远处发呆的表情。这表情从一开始就吸引了他，她很少说话，甚至就像没有在思考，像一具超脱了情绪烦恼的空壳。她从来不会像别的女孩那样，不断向他索求"爱的证明"。

子豪还记得第一次见到她那天，是一个朋友过生日，请了两桌酒，他正好和她坐一桌。

这女孩端坐在那里，一动不动，目光不知道在凝望哪里。十几分钟里，她都保持着一个固定的姿势，像一株植物。在她旁边，坐着一个不安分的胖子，他对桌上每一个人忙不迭地介绍："这我女朋友，小云。"这个小云偶尔点头回应，但马上又恢复到静止的状态。

子豪当时也带着刚交往一周的女朋友，她很丰满，是他在演出后认识的。他经常会有一些暂时交往的女孩，他根本不关心她们的来路，也不介意她们偶尔占据自己的生活，玩一些假装"真爱"的小把戏。她们类型各异，高矮胖瘦都有。

本质上这些女孩差别并不大，走的流程也都是"滚床单""坐在摩托车后面""逛街""带去录音棚""交换礼物"。甚至连买礼物，他也懒得费心思，总是买同一个牌子的香水送女朋友。

曾经有个女孩稍显特别，按照他的年龄，给他补送了从小到大每一年的生日礼物，被包装在二十八个盒子里。他没有丝毫感动，光是拆这些礼物就已令他烦透。

他只是不想一个人待着，更不想一个人外出，总是希望有人陪着自己。一般过不了几周，当他觉得"再接触下去可能会很难摆脱"，就会直接说"我还是更想一个人生活"，便轻松摆脱掉。通常在分手当晚，他就会马上找到下一个。

那天在酒席上，他带去的那个女孩喝了几杯后，便放肆地将手放到桌子下面他的大腿根部，像是在提醒他不要只顾着关注对面那个女孩。他当时便心生反感，心里想："吃完这顿饭就把她送回去，然后顺便分个手吧。"

所有人都正忙着吃菜，坐在他对面的小云忽然站了起来。她表情平淡，对桌子上所有人说了句"告辞"。她身边那个胖子急了，拉住她。"你要去哪儿？"她回了头，对着那胖子说了句"再见"，便直接向门外走出。

在她推开餐馆门的那一刹那，子豪也霍地站了起来，拿起自己的头盔，跟了上去。

"我是子豪。"

"我知道，自洄游。"

"你知道？"

"是。"

子豪在二十岁创立的"自洄游"如今已经走到了第八个年头。在大龙创办"龙门"之前，他们一直独领风骚。他崇尚的是一种张扬放肆的表达，必须先将自身塑造成令人仰视崇拜的完美个体，他为此下了很多功夫。

首先，他给自己厂牌的音乐人规定着装风格，从外在上就要帅。然后与其他厂牌都划清了界线，端着一种"不跟那些菜鸟玩"的态度，极端地以自我为中心。他自以为，自己的所作所为，对于他富足但又精神空乏的经商家庭来说是一种反叛，但他又在自己选定的文化群体中，做了差不多同样的事。

"那帮穷鬼，有资格做音乐吗？能闹腾多久？"尽管他内心十分狂妄和偏执，可他对音乐的态度却也是极其认真的。他投入了大量的金钱在录音棚和设备上，对歌曲的质量十分挑剔，对每一个成员都要求严苛。

在做音乐的态度上，"自洄游"与"龙门"追求的"底层的抗争"南辕北辙，也和"绿洲"那帮追求"自由随性"的穷大学生截然相反，与"云端"的"神秘莫测"也不同。"自洄游"做音乐，更像在追求一种"繁复的极致"。因此，"自洄游"吸引了很多以成为唱作精英为目标的人。当然，也有一些只看重子豪财力的人，会为了实际利益，一直盘旋在他周围。

小云很自然地被子豪牵着手，走到他的摩托车前。他拿出一个白色头盔给她戴上，自己戴上黑色头盔，头盔上印着灰色的鹰。他的女友从餐馆里跑出来的时候，正好看到他带着小云飞驰而去。

他和小云已经连续约会了四个月，通常她不太会主动联系他，但只要是他主动，她就全盘接受。他带她去录音棚，教她写歌。他发现她是有天赋的，尤其是在写词方面。

她不爱说话，从没有说过"爱"字，那么他也不必回应。他觉得这样好极了。别的女孩总会将这个字挂在嘴上，他也会对她们说，但他又明知道这是假的。

他总是对她很用力，有时候会掐着她的脖子，像是在她身上消解怒气。而小云，无论怎样也没有叫唤一声，每次她都无怨无悔地接受一切。

"她竟然曾经和那样丑陋的男人，做过同样的事！"他想起初见时，坐在她身边的那个胖子。"也许，这是个比我更无情的女人。也许，她接近我就只是为了音乐。"

然而，她牵系着他的情感，令他不安且着迷，他总是会想起她。她和别的女孩不同，但也令他害怕。这种恐惧变成了多次的考验，需要用疼痛和征服来解决。他时常无端地暴怒，尤其是在怀疑她和别的男人有联系的时候。

他在录音棚里，当着众人的面，抓住她的头发，打开她的手机。"这男人是谁？"他将她的头撞向录音室的门。

"子豪别这样！"胖光头会劝说他，连飞机也会劝几句。"子豪你这样又是何必呢？要么在一起，要么拉倒！非要这么虐吗？"

可是，由于他在厂牌里的地位，他们又拧不过他，他的暴戾行为无人能阻止。以前，他虽然经常会带不同的女人过来，可也没见过他对哪个女人动过手。

他每次对小云发完脾气，又紧紧拥抱她。她仿佛对痛苦没有什么反应，没流过半滴泪，也总是很快就原谅了他。

"也许，我们迟早也会分开的。"子豪脚跟后就是荷塘，他看着小云，双手垂在紧绷的牛仔裤边缝。风从后面吹来，长发缠绕住他的脸庞，看不清楚表情。他垂头丧气，像头精雕细琢但又没有生命力的石狮子。

小云一直看着他，她走上前去，牵住他的双手，将他拉回到摩托车边。这里正好有一块横躺着的大石头。他双手后撑坐到石头边缘上，她伸出双手，捧住他的脸，轻轻拨开他脸上的乱发，将他的头拥入怀中。

他爱她。那些痛苦，是她致命的温柔导致的。

子豪扬起头亲吻小云的脖子，双手顺着她纤细的腰身向上游移。她低下头亲吻他，手指插进他浓密的长发，十指在他脑后交叉。他将她的皮衣从双肩剥离，整个脱下甩在了一边。

她就像一朵，一夜之间盛开的黑色莲花。

7

"打死他！"小导弹不敢跺脚，气得将手上的牛奶罐掷在医院楼梯间的地上，沁出蔓延的乳白色浆液。

"你千万别动腿呀，就快好了。"小云赶忙上前，从护士服的大口袋里拿出纸巾，蹲下来细心擦拭。她戴着宽大的口罩，却遮掩不住嘴角紫绿晕染的淤青，护士帽也遮不住额头上凸起的肿块。

"小云！我，要，打死他！"小导弹其实谁都打不过，凶起来像只炸毛的猫，牙齿咬得嘎嘎作响。

"怎么了？"何初心正好从楼下的阶梯走上来，看到她们这副样子，杵在楼梯的半截处，不知该如何是好。自从小导弹在医院里认识了小云，又住了两个月院，这三人就成了好朋友。这楼梯间平时很少有人经过，成了她们碰头的场所，有时还会一起坐在这楼梯上练一下歌。

"你打算怎么办？"何初心双手撑着楼梯间的栏杆，侧过身子望着倚着墙、半声不响的小云，觉得她有几丝像姐姐。

小云窝出一道唇间的缝隙，呼出长长的一声叹息。她比何初心高一点，身形瘦削，眉眼柔和，侧脸娴静，确实与何初雪有几分神似。"我不会再见他，我们不说这个了。"

她与子豪之间，是爱吗？这伤痛难以忘却，反倒比那些普通的爱，令她觉得真实。分不清是爱，还是怜悯。自从在他脸上看到那种无论他怎么挣扎也摆脱不了的绝望，她便不可能忘记他。

之前，她从未遇到像他那样，一心向往痛苦的人。遇到他之后，她更理解人性，也更理解自己了。她自以为，自己的无私可以解救他，可以让他的心恢复到宁静的状态。

可是她所有的包容和原谅，只会让他更加失控，最后走向疯狂。

"你们等我，我还有两周就出院了，马上就开始准备比赛。"小导弹躺在病床上，乖乖将被子拉到脖颈，眯缝着眼睛昏昏欲睡。

何初心靠着更衣室的铁柜，看着小云补妆。"小云，我想问你个事。"踌躇很久，她从裤子口袋里拿出从姐姐房间里搜出的手表。"帮我看看，这是个什么手表。"

小云换上了黑色的口罩，她某些时候看起来就像一个用钢铁做成的何初雪。她拿过手表瞧了瞧，掂了掂分量。"这，应该是一块欧米茄蝶飞吧，价格三万块左右。"

姐姐怎么会有这样一块手表？男人戴的，还这么贵！

8

何初心手里攥着一张姐姐留下的酒店VIP卡，看了一眼面前的岛形建筑，这是一家门口有喷泉的高档酒店。

她拿出手机中姐姐的照片，向酒店前台一个经理模样的女人询问。"请问，你见过这个女孩吗？"

"你好。"那女人对着何初心职业性地露出一排齐整洁白的牙齿。她看了照片后，笑容骤然收住，望着何初心一愣，然后又迅速恢复到原来的笑容。"我没见过。"

何初心有点疑惑，她已经去过四个酒店，前台的人都是差不多的回答，但又都有一点不对劲。

当她转身往外走的时候，迎面撞上了一个穿着风衣、头发微长、留着小胡子的胖男人。他手腕上戴着一块表，正好和姐姐留下的那块一模一样，这引起了她的注意。那男人走路时，大腿总是先急着迈出，脚步晃荡不稳，活像一只跳脚的蛤蟆。

"我要一个，可以看到湖景的房间。"何初心背后传来这男人的声音，使她的心跳到了嗓子眼。她忍住没回头，顺势在酒店大堂找了个沙发座坐下，假装在等人。

这男人的声音她记得。这是一种融合了北方口音和台湾腔的做作语调，很有特点。她想起有一次在家里，姐姐躲在厕所里打电话，她刚好要进去拿牙线，从姐姐身边擦过，正好听到从姐姐手机里传来这样的声音。当时姐姐好像在和这男人争论什么，他在手机里拿腔拿调地叫喊："这可不都是为了你嘛！"

何初心坐在沙发上，佯装淡定。她想一探究竟，看看这小胡子接下来干什么。就在这时，她瞟见酒店门外几个身影一晃而过——那是几个"龙门"的人！

小胡子在前台订好了酒店房间，把房卡揣进口袋，转身向酒店门口走去。他没注意到何初心，接了一个电话。

"张总，这次是我亲自安排房间，下午就安排车进来。您来了，就可以放心开车了。那可是崭新的一辆，您没开过的，也没见过的车呀，哈哈哈哈哈哈。"那笑声极尽谄媚，令人反胃。他的嘴唇肥腻，胡子上沾着唾沫星子。

何初心等他走出酒店门口，将高领外套的拉链拉到顶，盖住了整个嘴巴。她保持着十几步的距离，悄悄跟了上去。

酒店外阳光明媚，一个戴着红色镶金边帽子的门童殷勤地问她："小姐，需要我为你叫一辆车吗？"何初心对他摆摆手，没说话。

小胡子站在酒店喷泉后面的停车场，好像又在打一个新的电话。何初心找了个僻静角落待着，拿出手机，也假装打电话。

这小胡子，究竟是不是姐姐手机里那个男人？她一时也很茫然，姐姐到底有没有来过这酒店？姐姐要到枫姐那唱歌，还要和大龙在一起，应该不会来这种地方。可是，为什么"龙门"的人也会出现在这里呢？他们也和这件事有关联吗？

她还没有想明白，就看见远处几个穿黑灰色衣服、戴着口罩的人，暗戳戳从不同方向，朝停车场那小胡子身边逼近。小胡子很快反应过来，撒腿就往酒店这边跑，被人从后面一飞腿踹倒在地。

"打人啦！打，打人啦！"小胡子护住头，被那几个人拎到停车场后面的草丛里。一开始他嚎得撕心裂肺，一会儿就慢慢没声了。站在何初心不远处的酒店门童，拿着手机捂着嘴巴报警，电话还没挂，那几个人早就分散跑开了。

何初心看了看四周，向那草丛走过去，也不敢靠得太近，就躲在一棵梧桐树后，偷偷观察那个趴在草地上的小胡子。他感觉揍他的人已经离开，才硬撑着抬起了头，翻了个身坐起来。他的脸已经肿得面目全非，有些肿起的地方还流着血。

"啊，呸！"他对着尖头皮鞋前方的空地，吐出一颗带着血色唾沫的牙齿，又四仰八叉仰面躺了下去。他看着天的样子，像条吃过毒药濒死的狗，大口喘着粗气，沾满草屑的肚皮剧烈起伏。

　　他头一歪，正好看到了躲在树后的何初心，先是一惊，很快又松懈下来。他撑着死鱼样的眼皮，盯着她。

　　何初心从树后走到他面前，故意加重语气："你认识何初雪吗？"

　　"谁？哈哈哈哈。"小胡子闷闷笑了起来，又咳出一口血唾沫，"我管你们他妈的谁是谁啊！都是你们自愿的！"

　　一辆警车开到了酒店门口，门童对着警察向这边比画。小胡子看到警察，赶紧从地上爬了起来，一瘸一拐，头也不回地往街上跑去。他皱巴巴的风衣上混杂着血迹、杂草、泥土和脚印，血浆顺着头发，一直流到了肥胖的脖颈上。

　　几个警察很快追了过来，越过何初心身边的草坪，朝小胡子跑过去。他们冲上去，左右夹住了他。

　　"你！身份证拿出来看一下！"

　　"我！我他妈是被打的呀！"

　　"那你跑什么？"

9

下雪了。何初心连续做了好几天的梦，醒了便赖在床上，怀里抱着小黑猫，总是要等到枫姐在她房门外催促才起床。

"心妹，你记得给吧台里的电暖器抬到你屋子里哟，我又买了个新的。"枫姐披着件烟灰色滩羊毛外套，靠在她门外。

"好嘞。"何初心坐在床上伸了个懒腰，开始一层层穿上衣服，小黑猫趁机钻进被她掀起的被窝里。

"猫没在你屋里尿吧？"

"上周尿了。"何初心想起刚才的梦。

在一个薄雾缭绕的森林里，她脸上画着图腾，穿着麻布拼接成的原始人短裙，身边跟着头粉色的小鹿。

阳光穿过树林缝隙洒落到她身上，光斑粼粼，一点都不刺眼。一只白色的小兔看见了她们，撅起毛茸茸的小屁股，一跳一跳躲入丛林。

　　一道暗影袭来，一头灰突突的野狼从树丛里探出了头。它原本要去追那只小白兔，却又被小鹿的惊鸣吸引，调转方向冲到何初心面前。尖利的狼牙龇出，滴着恶臭的涎水。

　　何初心拔出腰间的小刀，反手抓住刀柄，将惊惶的小鹿挡在身后。她从未真的搏斗过，但此时也只能拼了。

　　骤然间，林间小鸟飞散，发出呼啦呼啦扑扇翅膀的声音。悄无声息地，野狼身后出现了一个身着黑色长裙的蒙面人。她头顶束着长辫，一直垂到腰间，像个翩若惊鸿的女侠。她徐徐拉紧长弓，将那野狼一箭命中。

　　那是？小云？又有一点像姐姐。

　　何初心满怀期待，追了过去，小鹿也如影随形。蒙面人回望她一眼，伫立在那儿。可不管她怎么跑，就是追不上。

　　她一着急，便就这样醒过来了。

　　"我给你个猫屎盆，你放屋里。"枫姐还在门口没走，"不过，你得自己端上来哟。我说你吧，要有个长远目标。"

　　枫姐爱唠叨，无论大事小事。小到何初心"来月经还吃冰淇淋""零下三度只穿一件内搭T恤，外面套一件帽衫就到处跑""经常在吧台发呆魂不守舍收错钱"，大到何初心"无心学业""对未来毫无方向"，她都要说。枫姐的性格，不似何初心谨小慎微的父母，总喜欢将问题当面说，逼着她正视自己。

　　何初心确实也有自己的问题，她总是精神游离，处在一种迷迷糊糊的状态中，姐姐的死对她打击太大。枫姐总是会小心翼翼绕开关于过去的话题，希望她能面对现实，可这很难。

"未来会怎样，谁又知道呢？"

"怎么不知道？你现在走的路，再往后推算个十年，就是未来。你以为很遥远吗？一晃就到。"

枫姐的脸上长了两块绿豆大小的黄褐斑，常年沉迷烟酒使得她即便化了浓妆，也还是略显疲惫。

这酒吧其实并不是很赚钱。虽然出售酒类有高达四五倍的利润，可日常经营中样样支出都不少，有时候日夜辛苦忙活，赚来的钱付了房租和员工工资，也就没剩多少了。

每天早上将场地清理得焕然一新，置办零零碎碎的物什让它独具风貌，迎接陆陆续续的人群进来，时间就这样流逝过去了。每一天都是如此，一年年也就这样过去了。

枫姐什么都明白，形形色色的人，她也都看过。

那些为了梦想而执着的人啊。才华，总是迸发在那些亟须肯定的人身上；自身的缺失，也正是他们的理念发芽开花的裂缝。那些年轻人，个个都想做英雄，都不甘于平凡，但对大多数人来说，其实哪有什么胜仗呀，能活着撑过这一切便已经很不错了。

他们当中真正能够实现梦想的，就那么一两个。她也曾靠近过真实的个例，那种凭着意志超越众人，独自走到顶峰的人。只不过，那人已经远离她的生活。而她留在了这里，每天默默看着酒吧门口那扇木栏门，每个人进来之前，她都会望一眼，期待多年前的那个身影会突然出现在她面前。

"我想一直唱歌。这可能吗？"

"为什么不可能呢？"

"我，永远也做不到像姐姐那样。"

"可，你是你自己呀！"

"说总是你会说，你觉得你自己过得好吗？"有时何初心被枫姐叨叨烦了会产生抵触情绪，显得挺不知好歹。

枫姐有时会被她怼到心里冒火，但总能一笑释然。"我过得好与不好，不重要。我的时间快用完了，可你呢？"

10

刚刚过完除夕，大年初一，大龙突然出现在酒吧。何初心站在吧台里，用不锈钢手压榨半个青柠檬，将流出的汁水积蓄在短杯里。

大龙穿着一件厚实的中长款羽绒服，胸前敞开着。他将手搁在吧台上，双眼直盯着一个印了骷髅图案的杯垫。

整个晚上，大龙都在喝酒。莫吉托只是润个喉，他接着又喊了两排小杯龙舌兰，不用盐也不碰柠檬，只是沉默地一杯杯抽进嘴里去，然后一直低垂着头。

酒吧里暖气不太好，枫姐穿了件紧身的毛衣裙，勾勒出丰满的线条。她走过来拍拍大龙的肩，"你还好吧？"说完瞟了瞟何初心。她从未告诉过大龙，何初雪的妹妹来她店里工作了。他含糊不清应了声"没事"。

何初心一边用软布揉擦着杯具，一边陷入思考。

她在酒吧工作了一段时间后，才知道店里平时在十二点后根本没有演出。那么姐姐生前每天都在凌晨五六点回家，中间的这段时间里她都在干什么呢？如果说她从没进过那些酒店，难道她就是和这个大龙在一起吗？

何初心偷偷看了一眼大龙，他的眼睛已经发红，望向舞台的方向。曾经有好几次，她想找他主动挑明身份，想从他嘴巴里问出一点关于姐姐的事情，但又不知道如何开口。

"他一定知道！"何初心咬牙切齿，用力将手中的锥子捅进冰桶里，将底部凿出一个洞来，冰水顺着操作台流到她脚上。

"哥！"龙尔斯带着小导弹和小云走了进来，走到吧台这边，挨坐在大龙边上。

"心妹，我要一杯……"大家都看着小导弹，她都高二了，还是很矮，站在那儿并不比吧台高多少，还背着书包。她费劲爬上吧台椅，端正坐好，两条腿晃荡着。

龙尔斯在一旁看着，也没帮个手。"给她橙汁就行！"

何初心给小导弹倒了杯橙汁，给小云和龙尔斯调了两杯君度酒。她抬头对小云扬了扬下巴，"我请你们三个喝。"

"这个城市里，肯定不止我们三个做说唱的女孩。"小导弹一口气就把橙汁喝了个精光，嘴上沾着浅黄泡沫。

"我听西瓜说，'绿洲'加入了几个女孩，都是刚开始玩。"何初心没有加入"绿洲"是因为她没有上大学。

"我联系了西瓜。"小云抿了一口酒，慢悠悠地说道。

"哇，那不是给西瓜高兴坏了？"小导弹抖了个机灵。

"谈音乐的事。"

"啊？谈了什么？"刚巧说到这里，西瓜便带着三个大学生模样的女孩走了进来。

"哟，人好多啊！"西瓜穿着一件旧羽绒服，破洞的地方被他补了两个布标，物尽其用，他省下所有的零花钱来做音乐。"来，我介绍一下哈。这是在我网络聊天室里认识的音乐创作人，何……""等一下！"何初心急忙打断了他。大龙在这儿，她不想让西瓜当众说出自己的名字。

"何初心。"大龙的酒量特别好，这时还能清楚地吐出这三个字，"再来杯野格。"

气氛一度尴尬，枫姐对何初心解释："我没告诉他，是他自己认出来的。"

"哦天！心妹，原来你是雪姐的妹妹！"龙尔斯也惊了。

枫姐拍了拍龙尔斯和西瓜，"我们去那边，让她和大龙单独聊一会儿吧。"说完便拉着大家去了最大的卡座。

大龙握着装了野格的杯子，迟迟没有喝下去。何初心看了看等在旁边的朋友们，将手中的冰锥藏进口袋中。"要么，我们去楼上天台说吧。"

大龙跟着她，来到了酒吧屋顶的天台上。过年期间，街道上都是彩灯，一片繁华光景。

霓虹灯广告牌闪烁着粉红色的光，将何初心染成灰蓝色的头发照成了粉紫渐变色。她比上次见面时长高了一些，穿着一条潮流感十足的宽松滑板裤，一双高帮球鞋，套头运动衫外面穿了一件白色羽绒背心。她真的长大了，羞涩的稚嫩气慢慢蜕变成一种平静自然的真实表达，举手投足之间利索又干脆。

"你知道原因吗？"她没有面对着大龙，而是朝着霓虹灯，将双手插在羽绒背心的口袋里，脚踩在一块水泥台阶上。

"那天，我看到你抱着她的照片。"大龙没有直接回答。何初雪葬礼那天，大龙蹲在殡仪馆场外的小山坡上，俯视着送行的人群。他没有勇气亲眼看看何初雪最后的样子，而是一直远远地看着她妹妹。他看到何初心抱着照片蹲在地上哭泣，起身转头向着山的那头狂奔。

"你连她最后一面都不敢见！你还算个男人吗？"何初心变得愤恨又激动，"你先说，你们为什么分手？"

大龙面对着何初心，回忆起关于何初雪的一切。她总会在十二点前消失在深夜，日渐羸弱的身影不知道去向哪里。每个第二天的重逢，他都在酒吧里忙活——在厕所里擦洗客人留下的呕吐物，清除地板上粘着的口香糖，修理舞台上坏掉的聚光灯，她会跑过来，从背后拥抱他一下。

有一次，就是在这个天台，她心情不太好，他抱着她，陪她看霓虹灯闪烁。她靠着他的肩膀说："如果我不是我，我会更爱你。"

"不就是还债吗？总会还完的！你要坚强点。"他总是主动给她打钱，她也经常说"一切都会好的"这样的话。她走路的时候总是一步一步踩得很用力，强打着精神，让自己抽离现实。

　　某一天，酒吧里来了几个新客人，其中有一个穿着尖头皮鞋的小胡子胖男人，他将何初雪叫到酒吧门外。这事很蹊跷，她平时绝对不会搭理那些试图猎艳的醉汉，怎么会一时例外了？大龙偷偷跟了过去，躲在后巷的墙角，亲耳听到了那小胡子说的话。"你得完成任务呀！""再有这样的事我会为难。"而她弯着腰背，诚惶诚恐不断点头的样子，是他从未见过的。

　　他趁她在台上演唱时，将她的手机拿进了厕所隔间，稍作思索便解锁了她的手机，密码其实不难猜，正是他自己的生日。他点开了小胡子的微信头像，看到了一条条酒店地址和房间号，还有收款信息。

　　他坐在马桶上无声地哭嚎，用头和双臂撞击着厕所隔间的墙壁，直到渗出血来。从隔间里走出来时，吓坏了一个在镜子前化妆的男人。

　　"你怎么了？"她唱完了最后一首歌，从后台绕了过来。

　　"没事，刚跟人打了一架。"他还是深深拥抱了她。

　　她最后变得就像一具躯壳，被掏空的不仅是力气和意志，还有最基本的情绪。他总在怀疑，她时常在低烧的体温是假的，眼睛凝视他时的凄婉神采也是假的。他渴望拥有真正的她，他希望自己可以做她真正依靠的堡垒，不管她是什么样的。

　　那一天，他过生日，约了她去自己家，他们偶尔在这里约会。她总会主动吻他，以最低微的姿态，与他疯狂做爱，在黎明到来前离去。他不知道这些记忆会不会和她在别处的经历叠合，成为她更深一层的炼狱。

在她去洗澡的时候，他悄悄穿上衣服，离开了家。走在晨光熹微的老式巷道，他给她发了一条消息。"我知道了你的一切，但仍然愿意和你一起走下去。如果你能接受我了解到真正的你，请一定要在家里等我回来。我爱你。"

他走到立交桥下，抽了五根烟，手机上还是没有她回复的消息。他决定，再见她时什么都不再提起。天已经完全亮了，他从一个热干面摊买了两份早点，推开房门时，她已经不见了。

"我只是揭开了一层真相，她因为这层真相而死。"

"你在说什么？你给我说清楚！"何初心冲了过来，她对着大龙脸上打了一拳，然后揪着他的衣服，连续抽他耳光。

他眼睛里的血丝就像要渗出来，在酒精作用下，那冰冷刺骨的疼痛被化解。他的嘴角破了，血染到了她的衣袖上。

打着打着，何初心哭了。"你说！你到底做了什么？"

大龙流下一行热泪，染痛他破损的嘴角。"我只是对她说了，我已经知道了关于她的一切。"

"你知道了什么？"何初心上前要抓他的衣领。

大龙退后一步，撕扯着自己的头发，他仰头望天，发出一声困兽一般的哀鸣。他那平时用来带领观众的嘹亮歌喉，此时崩裂成"呜呜呜""啊啊啊"连绵的哽咽。

何初心已经失去了理智，从口袋里掏出了冰锥。

这时，听到动静的枫姐、小导弹、龙尔斯、小云和西瓜等人，正好赶到天台。

"何初心，你清醒一点！"西瓜冲上前去，从何初心手里夺下冰锥，他带来的三个女大学生当场吓傻了。"你至少应该搞清楚吧？"

小导弹不分青红皂白，冲上去对着大龙踢了一脚，然后被龙尔斯一把抱开。她的腿在空中踢腾，冲着大龙喊："我告诉你！我让我爸来抓你！你给我等着！"

枫姐抱住何初心，示意小云先去拉住小导弹。"龙尔斯，你带大龙先走！"

这一周，何初心没有做任何工作，每天都睡在小房间里。她连续高烧了好几天，小云每天下班后都来陪她。

枫姐找来几个装修工人，买了最简易的装修材料，在酒吧楼上平台的空地上搭建出一间九平方米的小屋，在里面贴上了满墙的吸音海绵。

"哎，西瓜你看这样还行吧？"枫姐忙前忙后，招呼着西瓜和他带来的三个女生。

"枫姐呀，这事做起来并不容易，你想好了吗？"

"呵，之前请她姐姐来这儿唱歌是我的主意呢。"

枫姐穿着一件厨房围裙，戴着一双橡皮手套。她以前可是个讲究人，除了招呼客人，其余的杂事都会指挥员工去做。以前她绝不容许自己有半点邋遢，可如今她完全变了。

这个月，人们大都窝在家里过年，到外地打工的人也都回了家，酒吧没什么生意，渐渐显出颓势。几个老员工也趁着过年回家之际，对枫姐提出了辞职。枫姐嘴上说"等开春再招人呗""这种状况年年有"，但其实她已经没有什么积蓄了，却又碍着面子，强装淡定。

为了给何初心创造做音乐的条件，她瞒着大家，偷偷找人借了三万块钱，说自己打算开始做厂牌生意。

"多么美好的女孩子啊，往那里一站，整个舞台都像是透着光似的呢。"也不知道枫姐说的是何初雪还是何初心，她眼角渗出点泪。"你别说哈，我是没这个命，可我就是喜欢音乐呢。"

西瓜指挥工人割了木板，做了一条长桌。他对那三个女孩说："你们去楼下搬点椅子上来。"眼看着，一个像模像样的小录音棚就这样张罗了起来。

枫姐殷勤地给西瓜递了块热毛巾，说："西瓜你说还缺点啥？"

"还缺个最重要的东西。"西瓜擦了擦手。

11

枫姐穿上了自己最端庄的一件衣服，是件直筒的黑色羊毛呢大衣，袖子盖住了半个手掌，立起的衣领竖到下嘴唇边。一身傲人的曲线看不见了，脸庞白皙，眼睛里秋波飞扬。她眼神里有种奇妙的冲突，经常会同时出现绝处求生的疲惫与少女怀春的梦幻。

她蹬着细高跟鞋，走到酒吧隔壁小卖部，买了两条进口烟、两瓶红酒，出来拦住了一辆出租车。

"师傅，我要去这个地方。"她出示了手机上的地址。

"大姐！这也太远了吧，我去了怎么回？"

"你就在旁边等我行吗？我就停两三个小时，我还回来！"

"路上来回就得四个小时，再等你两三个小时，这一天就过去了。我还做不做生意？您找别人吧，我还要养家糊口呢。"

说罢，司机摇上车窗慢条斯理前行。枫姐急了，啪啪啪地拍着车窗玻璃。

"哎，你等等。我包你车多少钱？"

"最低七百吧。我不容易。"

"六百，行不？你当我很容易吗？"

司机犹豫了一秒。"哎，走吧走吧。"

枫姐坐在脏兮兮的车后座，从闹市区出发，先是在几个红灯前堵了一会儿，接着上了一座高架桥。密集的高楼缓缓后退，沿途路过了几个点缀了大型商场、超市大卖场、大医院、体育馆的主干道商区，再经过一道跨江大桥，穿过几条湖边小道，路过几个大的高校集中区，再走过一片到处都是渣土车的外郊开发区，两边的新兴产业园区修得方方正正，最后再经过一片一望无际的农田。

不知为什么，枫姐开始落泪。没有人知道她在这个城市里经历的故事，以及她为什么喜欢音乐。

她来到一个农地小池塘边的小楼院前，院门上挂着一块木质牌匾，上书"云端"。

"这么晚了，您要不要留在这吃个便饭？我们这里很荒僻，都是自己做饭。"

坐在枫姐面前的，正是"云端"的创始人彪哥，他正值壮年，身材敦实，面相中透露出一股什么都不急的淡定。这个团队，素来有着严格的纪律和全面扎实的功底，但与其他厂牌互不来往。论技艺实力，他们的水准是其他人望尘莫及的。

"从我们这个门进来的，都必须得是熬得住的人。"

　　"云端"二十年前就创立了，那时候枫姐还年轻。最早那批人当中的大多数，在经历了一段年轻时的奋争岁月后，慢慢淡出音乐江湖。他们当中，有的人死了，有的人疯了，有的人娶妻生子，有的改行做了商人，渐渐离开了音乐圈。也有一些人到音乐教育机构当老师，培养出热爱音乐的下一代。当然，也有一个人，在离开"云端"之后，奋斗到了市场顶端，至今仍屹立不倒。

　　那一辈人中，只有彪哥还守在"云端"。他给私徒授课，寄希望于将这份坚持延续到更年轻的人身上。

　　一个挺拔秀丽的姑娘将菜端上十人围坐的圆桌。她是这个厂牌里唯一的女孩，只有二十岁，名叫青子。

　　"哥，那个女人是谁？"青子用手肘捅了捅坐在她旁边沉稳吃饭的彪哥，他皱了一下眉头。

　　"一位故友的旧相识。"他抬起身子，屁股离开椅子，探头望向坐在五米开外的枫姐，"您，真的不一起吃点吗？"

　　"你们吃，你们吃。辛苦了！"枫姐站起身，弯腰对众人鞠了鞠，脸上堆满了笑容。

　　当晚，青子就被枫姐带回了酒吧。她被"云端"的彪哥指派到这里，负责支持枫姐新开的厂牌。她戴着耳机坐在录音棚制作台前，手握鼠标，娴熟地拖拽软件上的音轨。

　　窄小的录音室里，一旁站着何初心、小云、小导弹，还有西瓜带来的三个女生。

"我叫小迪。"这是个有点男孩气，帅气洒脱的短发姑娘。她想跟着西瓜学一点创作，他把她安置在了这儿。

"我叫婉婉。"婉婉留着齐刘海、长头发，微胖身材，脸红得像个酒糟苹果。她笑起来的时候，眼睛眯成一道弯弯的弦月。

"我是娜娜，我们三个都来自'绿洲'。"娜娜比所有人都高，头发烫成细穗，有点驼背。

"我是何初心，我就在这个酒吧里工作。"

"我们早就知道你，西瓜经常说，你是他见过的，最有天赋的女Rapper。"婉婉的嗓音又低又甜，时常有个笑着抿嘴的小动作。

"我是小导弹，我最小，你们以后照顾着点我呀。"小导弹摇晃着脑袋，头上扎着的十二条小辫一起摆动。

"我叫小云，以前在'自洄游'，现在我就跟着何初心。"

"哈哈哈哈！"三个女孩齐声笑了。婉婉又说："我们也经常听西瓜说起你。"

"青子，你有两把刷子呀。"小导弹趴在青子肩头。

她们最后陪何初心去了一次娃娃厂，女孩们一个一个从院墙上翻了过去，撬开仓库门，将那里的娃娃装满书包。

"哎！哎！哎！小畜生！"这个娃娃厂已经被卖给了地产投资商，现在有了一个看守仓库的门卫，是个满脸愁容的下岗老工人。他拿着一个长扫把，追着女孩们一阵打。

"分散跑！基地见！"小导弹一撒腿就冲了出去。

娃娃们被少女们密密麻麻绑在了录音室的墙上。

枫姐买了块镶嵌橘黄小灯泡的广告牌子，上面写着"'不良少女'音乐现场"几个粗体字，竖在了酒吧门口。

"你们几个把票房都分走，我一分钱也不要。演出日挣的酒钱，留一半给你们搞设备。"

从此，周末来这里看这群女孩表演的观众，逐渐由十几人变成几十人，再变成一百多人，再后来更是一票难求。

"枫姐，你这些女孩卖吗？"那个鼻子喝红了的客人故意打趣。

"看我不给你宰了论斤卖。滚！"

12

　　"在这次他们群体聚集的比赛中，我们要抓住机会。"小导弹的父亲面对着警队，背后黑板上贴着十几个嫌疑人的照片，几乎都是"龙门"和"自洄游"的人。"我们要尽早缩小范围，最好能确定嫌疑人。"

　　"为什么不查那个什么'绿洲'？"有人提问。

　　"我们从各个酒吧入手，调查监控，找到了辛蕊那天的行踪。她是在看完'龙门'和'自洄游'的对战演出后，独自一人离开酒吧，在一个荒僻的地方下了出租车。载她的司机注意到，她一直用手机和人联系，并且改过三次下车地点。下了车之后，她步行到没有监控的区域，然后就消失了。她一定是被凶手吸引，才会完全按照对方要求，到达指定地点。案发当晚的演出，'绿洲'的人全都是观众，他们是大学生，当晚要赶回学校宿舍，大部分人都坐了地铁，并不具备作案条件。凶手是一个社会经验丰富，智商也较高，并且具备反侦查能力的人。他隐藏了特殊性癖好，善于伪装。"

在一个由废弃钢铁厂仓库改装成的千人演播厅里，五米高的屏幕上，一个巨大的金色麦克风图标随着音乐节奏荡漾出水波纹形状的光晕。开场DJ是著名的音乐神童浩克，他的头几乎低到了旋转的碟机上，身体动作像是在随着音乐抽搐。他播放着如机器轰鸣般不断推进的电子乐，一场大赛即将开始。

早就到场的西瓜和"绿洲"众人一同站在舞台左侧。何初心带着少女们和他们站在了一起。西瓜显得很躁动，不时跑到何初心这边，一边捂着嘴巴在她耳边说话，一边用眼睛余光瞅着旁边的小云。

舞台右侧站着"龙门"，大龙深深凝望着何初心，但是她的目光根本没有侧向他这边。龙尔斯站在大龙身后，也望向少女们。他先是对着小导弹举起勾着的双拳，做了个"加油"的动作，紧接着又对她竖起了大拇指。小导弹对他挥舞着招手，然后双手抱拳。

子豪、飞机、胖光头和瘦光头，还有"自洄游"众人，在比赛开始前十分钟才集体到来，他们将摩托车停在场外空地上。

远处一辆不起眼的面包车里，一队警察正挤在车里。

一个年轻的警察烟瘾犯了，但只敢将车窗摇下一丝缝隙透气。"头儿，我们什么时候进去？"

小导弹的父亲正用望远镜观察子豪这群人的动向，挨个儿在他们脸上扫视。"我先进去看看，等我消息。"他将一个单线耳机顺着自己花白的头发别到耳后，在车里换上了一件深灰色的运动外套，再戴上口罩，独自朝赛场走去。

"经过前三轮，我们现在已经到了八强赛环节。经过刚才的抽签，我宣布首先上场的是来自'不良少女'的小云！她们是一个纯女子创作团队。出乎大家的意料啊！她们竟然有三名成员闯入八强！这和去年的状况大有不同啊！我们这个比赛的八强环节，还从来没有出现过女生呢！大家为她们加油吧！"

舞台大屏幕上，出现了八强赛的流程图。

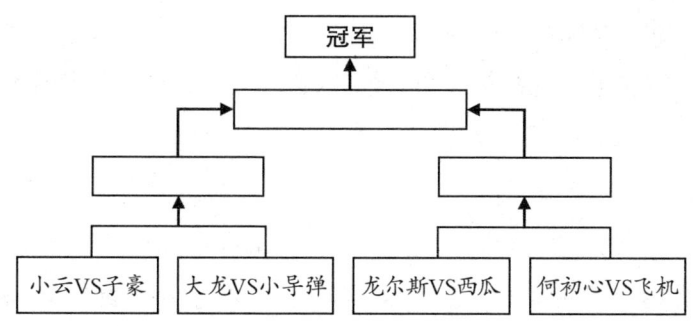

掌声雷动，主持人接着说："小云即将对阵的，是这位站在她对面的帅哥，来自'自洄游'的子豪！"

西瓜站在人群中看着他们，他从未对小云表达过什么，但是他相信，她不会再次陷入那自我迷失的循环中。

自从小云在医院认识了小导弹，以及之后和何初心相处的过程中，她都感受到了被尊重，这促使她逐渐摆脱了子豪的控制。

在一次例行争吵后，子豪扬起手，正准备抽她耳光，她突然爆发出压抑已久的抗争。

"其实，你是个懦夫。"她主动冲过去，和他搏斗，那是她头一次奋力反击他。她的拳头打在他的脸上，脚踢到他的大腿内侧。平时沉默寡言的她，一边喊着"你该死"，一边撕打着这个她一直怜悯的男人。尽管子豪一动手就可以将她推很远；尽管他一巴掌就可以使她的脸高高肿起；尽管她被子豪一脚踢到地上；尽管她的鼻子流血了，她仍然一遍遍扑上去，直到子豪看着她的脸，眼角开始抽搐，他开始抽泣，最后他捂着脸跪到地上。

子豪在那次之后，再也没有见过小云，也没有再谈新的女朋友。此时在舞台上，光照的热度使他们俩都沁出汗珠，她看他的眼神十分轻松，甚至带着点温暖的笑意。

小导弹的父亲悄悄挤进人群，他躲在一个聚光灯照不到的角落，暗中观察这场比赛。凶手一定在这个现场，这种猜想因为太过于主观，曾受到一些同事的质疑。但他坚持自己的直觉，他认为这个城市里最受瞩目的赛事，不管是歌迷还是歌手，都不会错过。

子豪还是赢了小云，紧接着大龙也赢了小导弹，人群里一片嘘声。"这毕竟是个爷们的战场，这些小妞还是只能做陪衬。"

小导弹的父亲躲在人群之中，远远注视着女儿输掉比赛。她尽了全力，唱了一首献给母亲的歌。

无数次接到老师打来投诉的电话，
很多次在学校甚至被老师赶回家。
你说我年纪小不舍得我挨骂，
没什么奢求只希望我健康地长大。

她从来就不是一个听话的小孩，但又不能说她坚持自己的梦想是错的，他是第一次看到她这么认真地做一件事。

这时西瓜上场了。他是"绿洲"一票人中唯一进入八强赛的，对阵"龙门"的龙尔斯。

"首先我想说……"他举起左手，以长达十几秒的沉默换来观众们的注视，全场鸦雀无声，都在等他说下一句话。

"我想说的是，这些女孩能站在这个舞台上，付出了加倍的努力。"他致敬了何初心、小导弹、小云。"冠军很重要吗？如果说起我们做这件事的初衷，我还是觉得突破困难更可贵。"

"哎呀，突然觉得西瓜好帅啊。"小导弹呲呲笑出声，故意对着小云眨巴眼睛。

"哎，你们看龙尔斯。怎么感觉他今天有一点不对劲？"小云突然冒出这么一句。

大家这才注意到场上和西瓜对阵的龙尔斯。按比赛规则，一般情况下，他应该在舞台的另一侧候场，并应该以尊重的态度，认真听对手唱完。

但是，龙尔斯今天从开场起，脸上就总是一阵红一阵白，站在他身边的大龙也一直黑着脸，仿佛在生什么气。现在，西瓜正在台上演唱，从龙尔斯在台上的状态可以看出，他压根没在听对方唱。他眼神发直，眼睛仿佛盯着前方几米处的一个空洞，表情诡异。

"他怎么了呀？"小导弹对龙尔斯一向有好感，平时走得也特别近，她还对小云说过"长大之后想嫁给小龙"这样的话。

音乐突然停了，西瓜也停止了演唱。"出啥事了？"人群自然让出一条道来，几名黑衣人穿过人群，直奔舞台。和平日里处理民间纠纷的那种警察不同，这些人穿着便服，胸前也没有警号，但笔直的身板和走路的架势，一看就没人敢拦。

"啊！爸爸。"小导弹这时才看见了父亲，他已经站到舞台上，用身体挡住了去往后台的小门。他看了她一眼，继续盯着龙尔斯。

小导弹离开何初心和小云身边，从人群中挤过去。她小小的身子被人撞得东倒西歪，踉踉跄跄向舞台移动。她踩着观众席边上摞起来的音箱，费力爬上舞台。"爸爸，你在干吗呀？"

"你不要靠近！"父亲对她做了一个推挡的动作。尽管这时龙尔斯已经面如死灰，没有要逃跑的迹象，可他还是担心。

"小龙。"小导弹转向龙尔斯，哭了起来。她预感到将发生不好的事情，又不知道是什么。

她一直这么喊他。他比自己大八岁，可平时在她面前，经常露出羞涩的一面。她知道他喜欢自己，只是觉得自己在他眼里还是个小孩。她也喜欢他。她在家里学着成熟的装扮，对着镜子问："我不是已经长大了吗？"

龙尔斯抬起头，向小导弹望过来。他深深看了她一眼，噙着尚未流出的泪水，嘴唇一张一阖，像是在说什么，却又让人分辨不出字句。

所有声音都停了，主持人和西瓜看着这阵势，都握着麦克风退到了一边。

大龙这时就在舞台的正前方，他的身影在前排观众中挺拔矗立，面无表情，正面看着龙尔斯。

龙尔斯是个孤僻的孩子，从小就活得很压抑。十岁时，他父母离婚，母亲带走了他的妹妹，从此就失去了联系。而他父亲是个酒鬼，经常将他绑在家中院子里的树上揍。十六岁的时候，他积压的怒火爆发，将父亲的眼睛打瞎一只。从此他就没回过家，在外面受尽欺负。

自从大龙从街边几个小混混手中救出龙尔斯之后，龙尔斯就一直跟着他。那一年，大龙二十岁，龙尔斯十六岁。

他喊他"哥"，至今已经八年。

　　龙尔斯跟了大龙后，收敛心性，将爆发力用在了说唱Battle上，为厂牌拿下大小冠军无数个。

　　今天早上，大龙听几个孩子说，有人看见龙尔斯和那个小胡子在一起，为此事他震怒不已。他回忆起这几年当中发生的很多事，想起了龙尔斯的许多奇怪行为。

　　龙尔斯从青春期开始，就逐渐显示出对成年女性的排斥，这么多年以来，他从没有谈过女朋友，在他家的电脑里，有很多二次元少女的图片。后来他到夜场上班，结识了一些社会上的人。从那之后，他只在演出时出现，生活上再没和厂牌里的人有交集。

　　这几年，大龙为了给何初雪还债，生活变得十分拮据。有一次，何初雪的债主找到枫姐酒吧里闹事，龙尔斯突然给了大龙十万块钱来解围。大龙虽然收了他的钱，可是心里起了疑。他完全想不通，龙尔斯是从哪弄来这么多钱的。平时，厂牌里的兄弟收入都不太稳定，基本上都没什么积蓄。别说十万块了，几千块都未必有。龙尔斯平时也是在酒吧里做保安，工资顶多够生活，怎么会有这么多钱？

　　就几分钟的时间，龙尔斯被铐上带走。

　　小导弹追着父亲问："爸爸，小龙到底怎么了？"

　　父亲转过身来，扶住她的双臂。"你长大了。"他的语气变得柔和，"你等下一定要安全回家。"

　　警察们离开现场后，人群议论纷纷。"这么严重啊！""我还是第一次见到铐人呢。"

　　主持人对DJ使了个眼色，音乐又响了起来。"哎，大家静一静。今天舞台上发生这样的事，的确是好突然。但是咱们这个赛事还是得继续，是不是？"

　　在音乐的催动下，人们将注意力转回到台上。"这都什么破事啊！继续看比赛吧。"

　　"我宣布，西瓜晋级。"主持人激情四射，张罗着下一对比赛选手上台。

　　何初心已经是舞台上仅剩的女生，她对阵的是"自洄游"里最张扬不羁的选手——飞机。

　　飞机今天特地换了件闪闪发光的银色软皮夹克，换了头银色的脏辫。这一改动，一下就花掉了几万元。

　　经过长达数月的现场演出历练，何初心早就不是原来那个一开场就会结巴的小女孩了。

　　自从枫姐为她搭建了工作室后，她和青子开始了不分昼夜的魔鬼训练。青子不愧是"云端"里出来的天才制作人，她首先分析了何初心的音域，认真了解她的特质，尝试从不同风格中，找出一条适合她的路。后来青子发现，何初心一旦解除禁锢，释放出真正的自己，竟然可以轻松驾驭多种风格。

　　很快，何初心就以娴熟、炸场的Trap①打败了飞机。飞机输的时候将麦克风直接扔到了地上。接着她又以Old School

————————

① 一种说唱音乐风格。

（传统的）风格，赢了多年老友西瓜。当观众开始呼喊她的名字时，西瓜并不惊讶。

"出乎意料啊！这个女孩竟然走到了决赛！我敢说，我主持过十几年说唱赛事，从来没有遇到过这种情况。"主持人抬了抬嗓子。"现在，大家请看大屏幕。"

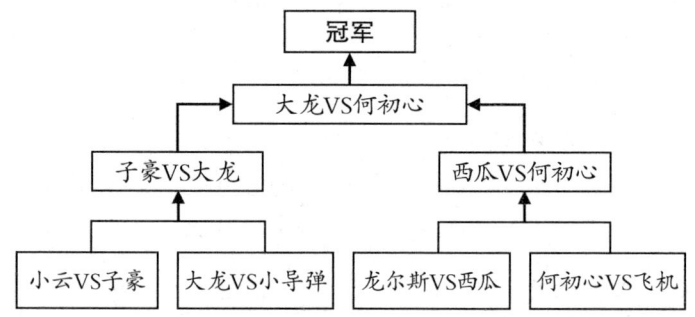

"结果究竟会是怎么样呢？最后的冠军，到底会是具有八年历史的本地厂牌'龙门'的主理人大龙，还是这位年仅十八岁，首次参赛的少女何初心？大家拭目以待！"

舞台上的音乐如肆意翻滚的冲击波，灯光开始快切，八名街舞演员上台进行了决赛前的热场表演。

嘻哈这种文化，涵盖说唱、街舞、涂鸦、电音四大元素，又结合了滑板运动与街头服饰，发展成了一套风靡世界的系统化语言。无论在什么时代，都会有一种语言可以连通不同的人。在这种语境下，人和人的交流变得顺畅，但冲突也仍然存在。不同阶层的个体都要争夺发声的权力，抓住那唯一的麦克风。

麻雀嘴里争输赢，小人国里起战争。这些音乐江湖里的故事，最终都会沉淀在岁月中，大部分被人遗忘。

经过前两轮的比赛，何初心和大龙都已经演唱了两首歌。大龙前两首一直保持着自己Old School的风格，而何初心已经换了两种风格。观众牢牢记住了这个女孩，"真厉害呀""这么年轻就这么全才""后生可畏""今年的比赛也太好看了吧"。

最后一首歌，何初心在大龙之前唱。DJ对全场举起双臂，双手竖起了大拇指，他右手落下时，拧动了碟机的旋钮。

慢悠悠的吉他前奏响起，全场哗然。难道她要演唱一首慢歌吗？这从来就不是说唱比赛中的优势选项，更何况是在决赛中。对比Old School风格对作词的讲究和可以轻易带动观众的Trap舞步，慢节奏的说唱歌曲被称为EMO，注重歌者情绪的表达，需要观众沉下心来静静聆听，才能真正体会。

尽管此刻现场群情激昂，但观众们竟很快安静了下来，翘首等待着这个没有说什么预热串词的女孩开口唱第一句。

"在这个世界找不到你眼眸。"这开口的第一句，就让站在一边的大龙落下泪来。

他的视线模糊了，他看到了何初雪的幻影。此时，何初心替代了何初雪，就站在那道光中，声调如小河细细蜿蜒，泉水滴答落入心田。她不再走调了。她的演唱已经完全是发自内心，情绪都在一字一句间，曲调也已经不需要服从于哪一种音乐类别，已经都随着她的心走了。

飞，上，天，空，向，我，招，手。
你，的，笑，容，让，我，动，容。

灯光变暗了，观众们没有呼喊，他们拿出手机点亮屏幕，举在这片温暖的黑暗中，随着她的字句摇摆，就像万千繁星在同时闪耀。

"世界上再没有你。"何初心唱完这最后一句，开始哽咽。她就像在梦里一般，一个人站在舞台上，光束照在她头顶。

观众们发出此起彼伏的掌声与啸叫，发出长达几分钟的全场喝彩，好像全都明白了她的故事。

她对观众深深鞠了一躬，转身离场。

"何初心。"大龙叫住她，"如果，真的有一个答案，你要真的还是假的？"

13

"这钱给你。"何初心拿到了一万元奖金，再加上枫姐之前给她的两万，她面对面全都打给了枫姐。

"你这是干吗！这些钱，你还要留着读书用呢。"

"你别说了，你收不！如果你不收，我就不吃饭！"

"别啊，你的路还远着呢！"

"别以为我不知道，你先把找别人借的钱还了！"

"哎呀！我这把年纪，借点钱算啥？我以后还得起！"

"你听我说！"何初心一把拉住枫姐，"你不是问我以后想做什么吗？我现在就可以告诉你，我会成为一名专业歌手。我已经长大了啊！真的！我要正式对你说一声'谢谢'！为了你之前为我做的一切。"

"嗯。"枫姐眼睛红了，可她又微笑了起来，深深的鱼尾纹荡漾开来。她的嘴唇薄而伸展，抿出一道俏皮又慈祥的笑容。她没有孩子，但又像是所有人都是她的孩子。

"如果你愿意的话，我以后可以给你养老。"何初心挠了挠后脑勺，冒出这么一句。

"哈哈哈哈。你连饭都不会做！"

"以后可以学嘛。"

"你以后，还不是得找个男人嫁了，管好你自己的家，以后你能偶尔到养老院来看看我，就不错了！"

话音未落，酒吧门口的木栏门被推开了一道缝，一丝寡瘦的阳光挤了进来，枫姐和何初心同时望了过去。

一个年轻男人走进来。"何初心！"这男人一脸坏笑，戴着棒球帽，一身灰色运动装，身上别着枚大学校徽。

"你是？岳夏？"

全是少女的舞台　　093

14

　　审讯室中，龙尔斯戴着手铐，穿着橘色的拘留服，在审讯笔录上签了字。根据他的交代和DNA检测结果，辛蕊被杀的案件告破。

　　四年前，龙尔斯在夜场上班时认识了小胡子。刚开始，龙尔斯暗地里在各种酒吧物色未成年的少女，小胡子以金钱或者礼物做诱惑，让少女们拍摄隐私照出售。慢慢地，这些少女为了更多的财物，逐渐放松底线，再被小胡子吸纳到援交网络。龙尔斯自己也会和其中一些少女发生关系，企图借此弥补年幼时失去妹妹的心理缺失。年幼时母亲带着妹妹离开，再加上父亲的虐待，童年的创伤撕裂了他成年之后的欲望，使他对成熟的女人产生排斥，对未成年少女产生了冲动的占有心理。

　　他恨。为什么妈妈就那样带着妹妹走了，却将自己留下？为什么从小被他保护的妹妹，却一次也没有找过他？

　　辛蕊在演出场合遇到了龙尔斯，并迷上了他，一直和他私下联系。这个十三岁的少女，为了赚点零花钱，将自己的私密照片提供给龙尔斯售卖。那天看完演出后，她按照他的指示到达约会地点。

一开始，龙尔斯和她发生了关系，随后对她产生了几分厌恶。为什么这张天使般可爱的脸，会发出那样的呻吟？

他本来不想伤害她，可是，她偏要提起小导弹。"你为什么不会对小导弹，也做出同样的事呢？"

他掐住了她，她开始求饶，可是他控制不住怒火。"我为什么要原谅你？"一开始，她以为他只是闹着玩，但是渐渐地，她眼里最后一点希望的神采，变成了晦涩的呆滞。

"那么，小导弹也是你的目标吗？"年轻的警察抹了把汗。

"她不是。我爱她！可我从没有想过要碰她。"说到这里，龙尔斯扭头看向窗外，一只白鸽从窗外的天空展翅飞过。

大龙在何初雪死后，对小胡子展开了长期的跟踪与调查。但由于龙尔斯从中作梗，小胡子总能逃脱。直到比赛当天，警察根据大龙提供的线索，找到了小胡子的住所。那里满墙都是少女的私密照片，还有四个和辛蕊差不多大的未成年少女，坐在一个粉红沙发上。

"何初雪，我记得她。"小胡子往前伸着腿，瘫坐在椅子上。"她都二十多岁了，我们一般不会找年龄这么大的，可是龙尔斯说她缺钱嘛。这个女人也挺傻的，竟然为了一块假手表，可能是想拿去送男人的吧。呵呵，她伺候我的时候乖着呢。"小胡子撇了撇肿胀的嘴唇，吞了下口水，"我讨厌这种女的，成天摆出一张哭丧脸，像谁都欠她的一样。"

警察是根据小胡子的供词锁定龙尔斯的，这是破案的关键。

15

　　郊外的树林边，少女们和枫姐正在一起烧烤。她们在野地里生了火，将提前一天腌制好的羊肉串、肉肠、鸡翅、土豆片、馒头片，用炭火烤得嗞嗞作响。

　　"我去上个厕所。"何初心站起身来。

　　"要人陪不？"枫姐手里正拿着肉在烤。

　　"不用，我自己去。"何初心走到一处僻静的地方，从地上捡了块锋利的大石头，在一棵树下刨出一个洞。她拿出姐姐的手机和那块手表，埋了进去。

　　她抬头望了一眼这个小树林，和梦中那个很像。

　　小导弹："青子，咱们这舞台只有八米。你说，音乐节的大舞台是什么样子的？"

　　青子："通常是二十米到三十米那么宽，也都有二十几米高，上面的架子上装满了灯。舞台上方和旁边，还要装两块十几米高的大屏幕，观众从很远的地方也能看清楚你的脸。"

婉婉："啊？那么高？那咱们站上面显空不？"

青子："没事，咱们人多。咱们显空了，别人岂不是更空？"

小导弹："你们见过十几个女孩的大舞台吗？"

婉婉："没见过呢，除了咱们自己。"

小导弹："咱们什么时候才能一起去音乐节大舞台啊？"

青子："等你瘦三十斤的时候！看你还吃！"

"哈哈哈哈哈哈！"女孩们一起笑了起来。

小导弹："小云，你说实话，你还会理子豪吗？"

小云："都过去了。"

婉婉："小云，要不要考虑一下西瓜，我觉得他挺喜欢你的。"

小云："你逗我！"

"哈哈哈哈哈哈哈哈！"

小导弹："何初心，我爸说，大龙不是一个坏人。"

何初心："我知道！你话怎么这么多？"

枫姐："善恶一念间。愿小龙下辈子，做一个没有痛苦的好人。"

小导弹沉默了半晌，将话题扯开："婉婉，你胸大还是枫姐胸大？"

婉婉："走开，你还好意思说我呢？你才多大年纪，看看你的胸！"

"哈哈哈哈哈哈！"

我存在过

1

　　二〇一八年年末，我回到家乡武汉。我没有联系任何过去的朋友，没人知道我已回来。我把自己封闭在一个租来的小套间里，早起天黑都拎着个酒瓶子。如果每天只在十几平方米的房间里走动，就会觉得无论待在哪个城市都一样。我每天都会蓬头垢面地打开房门收取外卖和快递，对记不清样貌的送货员们说"谢谢"，恳请他们帮我带走垃圾。

　　窗外的景色不错，可以看到江水在面前横淌，装沙子的货船在水面上缓缓移动，划出细长拖痕。由于是两江交汇处，江面显得格外宽广和泾渭分明。尽管长江沿岸的城市有几十个之多，但人们唯独称这座城市为江城。

　　江对岸有一座直耸入天的高楼，即便还未完工，却也已经比其他所有楼都高出一大截。它是城市规划出的先驱，正要将岸边风景线的上弧拉高，来与别的城市竞争。这高楼顶上的巨型塔吊伸出纤细触手，像是想要穿破云层，对外太空发射求助信号。

我与外界的接触仅通过手机，终日躺着也没事。我手里还有一些积蓄，够这样耗半年。

我每天在朋友圈和别人互动，顺手转些专逗人笑的内容，就好像那些点赞和留言能排解孤独。有一天，我在朋友圈里看到了一张自由艺术展作品召集海报，上面画着一张地图，正是我出生的街区。海报上附带着一个二维码，我点击图片识别就进了一个微信群，里面有一百多人。屏幕上的信息快速向上滚动，每秒钟要刷出几十条话语和表情包，根本分不清谁是谁。

我看明白了，这是一群热爱艺术的年轻人，他们的平均年龄比我小二十岁左右。我的出生地，老汉口清芬社区，那里要被整体拆迁了，他们计划着要在那里做个艺术展。

我走出家门，去找他们中的一个女孩。

她叫桃桃，脸嫩得像刚剥开的嫩蛋白，厚重的刘海搭着与名字对应的大眼睛，粗黑直发垂到肩膀。她穿着廉价格子衬衣，看不出胸部大小。一双脏球鞋被几乎拖到地上的裤腿罩住，只露出半圆形的鞋尖。她背着个简易的帆布袋，上面印着幻彩几何图案，脖子上还挂着一串钥匙。

我和她先在微信里聊，她问了我很多幼稚的问题。"你喜欢阅读吗？""你喜欢艺术吗？""你是否有进行创作？""你支持个人自由吗？"诸如此类。

在我的回答令她满意后，我们约在一个车站前见面。

车站边上原本有一家老照相馆，是我出生时便有的，现在已经被夷为平地。颓废的碎砖块和新旧混杂的垃圾，堆在一个临时支起来的围栏后面。

桃桃指着垃圾堆。"你看，这些垃圾里可以捡到很多老照片，都是被人扔掉的。你要不要翻翻看？"

我完全没兴趣。"我已经搬离这里很久了。"

她点了点头。"可是，有一些人就算搬了，还是会回来看看。一旦全拆了重建，回来就什么也看不到了。"说完，她就带着我往前走了一段。她的嘴巴闲不住，刻意放缓语调掩饰焦虑。

"你多大？"

"四十。"

"有孩子吗？"

"一个女儿。"

"你女儿多大？"

"还小。"

"你老公多大？"

"不记得了。"

"你离婚了？"

"是的。"

"为什么离婚呀？"

我停顿了好几十秒。前夫比我小八岁，结婚时只有二十六岁。我翻查了他的手机，发现他老是给一个女人发短信，都是"我想你""我来了""钱留着用"这样的话。后来我才知道，他从十八岁起就和一个比他大十岁的女人保持着联系，他喊她"妈妈"。她是自由的，而他从不光顾别的女人。这件事令我自卑到不能自已。

我没有回答，以为桃桃会就此打住，可是她停不下来。

"我二十岁。"

她边走边甩起手臂来，像个在扭秧歌舞的小学生。

"你谈过那种几小时的恋爱吗？"她满不在乎地咧出一个笑容，唇角接近板牙的位置。"你知道吗？就是那种社交软件，每个人可以放几张自己的照片，看着彼此有感觉，就开始聊天，然后约着见面。"

我不接她的话，也没打断她。

"被人拥抱的感觉是好的，就算是陌生人。他挺帅的，很瘦，身上的味道也好闻。做的时候，我们都很自然，很舒服。就是完事了之后，不知道该聊啥。我这么个怪咖，和他的兴趣爱好应该完全不一样吧！是不是和现在的我，完全不一样？你相信吗？我也有沉默的时候呢。那沉默简直是一种羞耻，每一秒都在受罪，不管说什么都让我觉得自己很假，他也是一句话都不说。"

我点了一下头，继续沉默。

"我没办法。一旦约了，他就会觉得我是个随便的女孩，不会放心让我做女朋友。当然，我也确实靠不住。我趁他洗澡的时候穿上衣服跑了，还拿走了他的一个钥匙扣作为纪念，米老鼠的。"这时她没有笑，转过头盯着我看，想在我脸上找到不适的神色。"我以后有可能还会遇到下一个，有好多男人的头像供我选择，就算每个只能使用一次，我也用不完。"

我们站得很近。我抬头看着她，做不出任何表情，只是认真看了看她没有一丝纹路的嘴唇，它就像未发育成熟一般。我穿着一件熨烫妥帖的黑色羊绒大衣，细高跟鞋也用湿毛巾擦过，跟在她身后。

我们从车站那里走过来，穿过写满硕大"拆"字的小街，到达一片寂静的废墟。两边是一间间单屋，都有窗，有的还有家具。四处散落的塑料玩具、破衣服，点缀这大面积的灰黑色。有些屋子的门敞开着，有几间屋的门连着门框都一并被拆了，只留下砖墙里伸出来的钉子。中间是一条路，隔几米就有一堆粪便，最新鲜的也干透了。

沿着这条路，走过有门的房子，再走过一大片乱石堆，我们在一个宏壮完整的建筑框架前停了下来。桃桃回头看了我一眼，露出浅青的牙，诡异一笑。"到了。"

我们走进去，里面昏黑一片。"你看这。"她指了指一面正对着我们的墙。

一片巨大的彩色涂鸦将灰暗的墙壁布满。大面积的蓝、紫、粉红和荧光绿打底，白和亮黄做了勾勒：一个绑着脏辫、扎着头巾的卡通潮人。现在是这么叫的，潮人。以前应该叫嬉皮士，就是想穿啥就穿啥的人。潮人手里抱着一大团图形，有点像符号。这涂鸦上要么是直线，要么是刻意的弧，仔细看才能分辨出，潮人抱着的是几个中文大字"我存在过"。

　　这里是没有门的，只剩下横向的隔墙。这可不是一般的废墟，四十年前，这里是一个幼儿园，是这一带最规整的房子。据说，八十年前，这里是一个小教堂，后来改成保育院，现在叫幼儿园。七米多高的尖屋顶上，悬挂的蛛网层层叠叠，可能藏有诡秘的蛛后。斑驳的墙灰湿气深重，断壁残垣之中透着尚未尽失的庄严感，仿佛渗出几十年前婴儿的哭声。

　　桃桃打断了我的思绪。"那些人，从路灯那接了电进来。"她弯着腰跨过垃圾堆，在墙边摸索。她按了一个开关，刚才看到的涂鸦被照亮了，色差显出事先设计好的透视，那字符突然变得立体起来。左右几十个隔间一个一个串连着，陆续被点亮了。

　　"你想要哪一间？"桃桃从垃圾堆上攒劲一跳，回到我身边，手往阔腿裤上擦了擦。

　　她带我来的这个废墟，我在微信群里看过照片。当时群里有人说要用捡来的垃圾在这废墟里做一个装置；有人说要拍个在废墟里吹笛子的影像，用老电视机播放；有人说要为这个废墟谱上一曲末日风格的电子乐；还有人说要裸体在这废墟里行走一小时。

　　当时，让我印象最深的是桃桃，她用的是一个纯白的头像，点开大图细看发现不是纯白，正中间有一个细小的圆点。她在群里只说了一句话。"从明天开始，我每天都要在这废墟里流浪。"几秒后，我便加了她微信。

桃桃此时用手碰了碰我，我下意识地往后一退。

"你怎么了？"

"没什么。"

这正是我长大的社区，现在就要整个拆掉了。一时间，我想起了好多以前的事，那些原本以为永远也不会启封的记忆，就像是无意间被打开的、荡漾着蒸汽光晕的蓄水阀门，思绪如热流般喷射而出。

此次拆迁面积之大，足足有公交车三站路那么长，十几条小街那么宽。以前，这里是破败不堪的老旧城区，如今已经被最有野心的开发商整体买下，以后会被建成一个新的城市中心。暗自算一算，我已经有二十几年没来过这里。

桃桃和我不一样，她其实和这里没什么关系，她只是热衷于在废墟里流浪。

2

很多事情都是我外婆去世前零零碎碎和我说的。她翘着手指一点，语句就停顿，手指一拉，声音就加强，非常有节奏。我外婆是个能说会道的人，擅长模仿别人的样貌神态，声情并茂。

我从她的讲述中了解到很多事。

我出生的那一年，国家恢复了高考。我爸妈本来在同一个单位，刚结婚就怀上我。我爸考到上海的大学，便离开了家，将我妈留在外婆家养胎。

我外婆家那里是一个容纳了十几户贫穷人家的狭窄弄堂。外婆家被称作二楼，其实只是在弄堂入口的通道右侧墙边搭了个小楼梯，再在楼梯顶端搭了一整层厚木板，就形成了一个二楼。二楼的楼梯口那装了个水池，做成一个厨房。这个厨房同时也是个过道，边上还有个小楼梯，楼梯上面是三楼的人家。厨房旁边竖了一层厚木板，隔出一个十六平方米的小房间，就是我外婆家。小房间内部还勉强搭出了一个六平方米的小阁楼，整个屋子像一个分成了两层的木头笼子，个子太高的人得弯着腰才能走进去。

屋里家具非常少。外婆和外公就睡在靠门的大床上，屋中间有一张方桌用来吃饭，还有一张书桌是我外公的，书桌上方贴满了我妈的奖状和家庭合照。靠窗的墙边摆着一个衣柜和一张小床，我妈怀孕时就一直睡在那里。床边就是家里唯一的窗户，对着街，楼下路过的人悄咪咪说话都能听得一清二楚。处在青春期的小舅一直睡在拉着帘子的阁楼上。

我出生后哭声凌厉，全家都没办法睡好。小舅还要上中学，实在没办法，我妈只好将自己的小床搬到了屋外。

大夏天的，我妈就在巷子一楼的通道里住着。巷子里十几户人家几十口人，每天都要从她床边经过。她完全不受路人影响，隔着一条用被单做成的帘子，一边给我喂奶，一边抓紧时间学习，准备考大学。

我一岁时，我妈也考上了大学。

我外婆学着我妈的语气，细声细气地说："孩子就交给您了，我一定会为这个家，闯出一条路来。"听我外婆说，我爸妈大学毕业后都找到了新的工作，他们从底层开始打拼，住单位宿舍，偶尔会来看看我，让我就留在外婆家长大。

我感觉到自己有了记忆的那一天，可能是在三四岁的时候吧。我记得那是一个下午，细微颗粒在光线中飞舞，我外婆一直在砧板上揉面团，窗外传来手摇的铃铛声，是推车小贩在叫卖。"包子、花卷、馍馍、米发糕哟！"

从那个时候起，我发现自己可以对大人们讲述一件完整的事，并且，只要讲述过的东西，我就不会忘记。

五岁时，我告诉外婆，我想去买米发糕。"闯个鬼哟，米发糕。你长得就像个米发糕。"外婆骂完我，却还不给钱。

我赌气说，要到三楼邻居家叠纸袋赚钱。

外婆不管我。"你去你去，小要饭的。"

三楼的邻居一家五口人，天天在家里叠纸袋。他们家是教会家庭，爱笑，不爱说话。五个人一起叠纸袋，动作全部一样，看着十分壮观。那时候的人们都不用塑料袋，他们家叠的纸袋被各种副食店用来给顾客装东西。大约八个动作就可以叠一个纸袋，一天可以叠好多。

我真的去叠了，歪歪斜斜叠了一百个，他们给了我五分钱。

五分钱在那个时候可以买两个米发糕，可以吃一碗热干面，可以换三四本连环画。我会带着叠纸袋换来的钱和外婆给的零钱到街上去消费。

我们这条街叫清芬三路，只有一百多米长，一头连着孙中山的铜人像。那里是武汉解放初期的市中心，有武汉第一条有轨电车的起始站，还有一个超大的副食品商店。清芬三路上有好几处像外婆家这样的弄堂，还有许多沿街的小店铺，卖烟酒、杂货、文具、副食或连环画。二十世纪八九十年代，这里是一条市民闲逛的热闹小街。

　　我有时候会买零食，但不会上瘾。我对高价商品产生了好奇，有一次坚持攒到两毛五分钱，只买了张花仙子不干胶贴纸，贴在了家里的墙上，觉得很划不来。我花钱最多的地方是弄堂里的连环画书摊。

　　连环画书摊的老板摆出几个木头长凳，将连环画用绳子穿成串，引来好多孩子坐在那里，乖乖交出自己的每一分零花钱。随便看看，天就黑了，老板会将书成串收好，明天再摆。

　　这个老板人很好，看不懂的字问他，他都会解答。不知不觉中，因为看连环画我认识了很多字。从配图的小字中，按照半边的字来猜，或者猜测字和字组成的意思，十分好玩。

　　在清芬三路的最里头，有一栋五层高的大楼，那里住着武汉最有名的湖北大鼓演员张明智。我小学同学的爸爸是木偶剧团的演员，她家也住在上面。有一次我被她带到家里去玩，发现她家还有画室。当时我觉得住在这栋楼里的人一定比我们巷子里的人幸福。

　　这栋楼的门房里，有一台对着街的电视机，那时正在播翁美玲版的《射雕英雄传》，动不动就引来数十人驻足观看，我和邻居家的孩子也经常混在这人群中。我们那条街的男孩子都出生于底层家庭，祖上有码头工人的基因，经常会没来由地傻聚在一起。我会坐在楼梯上观察他们，男孩子们在一起的时候，说话都像是大人。

　　其中有个男孩，说每句话都要带脏字。他说话的时候肚子挺着，双手一直插在裤袋里，觉得自己特别"闪"。他总是嘴巴上骂骂咧咧些生殖器词语，想吸引别人注意，可是根本没人喜欢他。

胖子对着他的脸，一掌盖下去，他就用尖细的声音叫喊："莫挨老子！"

这个胖子是这群男孩里的老大。他最能打，头脑比较简单，喜欢玩弹珠子、拍卡牌、摔跤。他有时笑得很大声，震得我家楼板响。就因为这样，其他孩子愿意被他带领。他们围拢着胖子，觉得有种安全感。

他们有时会对我招手，我就转身上楼。如果他们顺着楼梯跑到我家来，我外婆就会把他们吼下去。"滚下克，回家克，小畜生们。"

我本能地不想和他们玩。一个是因为我个子小打不过他们，再一个是我觉得和他们一起玩会很累。这群男孩经常毫无目的地从街这头跑到那头，就跟发了疯的狗群一样，反复如此无数遍。

他们汗流浃背，并且毫无意义。

一年后，我和那群男孩一起站在外婆家楼下。

那天是大年初二，我们身上都有点大人给的零花钱，就聚在一起放鞭炮，有我和胖子的妹妹两个女孩，还有八九个男孩。

当时有一种大炮，我们叫"小春雷"。我们点了一个，十几秒之后都没发出声响。胖子叫一个瘦子去看看。

　　瘦子不敢去。"你不是老大吗？该你去看！"

　　胖子也不去。"谁说我是老大了？谁看，谁就是老大！"

　　不知道我当时怎么想的，可能是好奇，也有可能就是为了引起注意或者逞强。我走上前去，拿起鞭炮，所有人都看着我。我把鞭炮对着高处扔出道弧线，它就在掉到地上的前一瞬间，炸了。

　　所有人都吓了一跳，骚动起来。胖子的妹妹将身体挨着我。"你好狠啊。"

　　大家都嘲笑胖子尿，这时胖子脸色变了。"你想当老大不？"

　　我想了想，我打不过胖子。"不想。"

　　胖子和瘦子对视了一眼，都用非常警惕的眼光瞟了瞟我，没再说话。

　　我外婆从胖子妈妈那知道了这件事，用鸡毛掸子抽了我。从此她禁止我和那些小孩玩，停了我所有零用钱。"你带钱会被抢，以后上完课就回家吃饭。听到没？"

　　我看到扬起的鸡毛掸子，认了尿。

　　胖子的妹妹和我在一个班，常跑来我家，和我一起做作业。基本上都是我做，她抄我的。

　　"这丫头聪明。"我外婆经常口头表扬我，但总会接一句，"但是以后不晓得会么样。太调皮了！小短命的！"

　　听我外婆说，我四岁前曾经住过那个教堂改成的保育院。我仅仅待了两周，就因为抓着别的孩子的头发往墙上撞而被领了回来。

　　关于这件事，我是没有记忆的。如果外婆说的是真的，那么她经常打我，也许是因为我太坏了吧。

3

　　我印象里，外婆生命里的大多数时间都待在厨房。那里有一个大水池，外婆在水池边洗衣服、洗菜。在厨房里做完这个做那个，不停地擦来擦去。而我外公一直都待在书桌前，很少和我外婆说话。

　　有一次我妈来看我。"你要好好读完小学，妈妈再来接你。你别再惹外婆生气了！你看见那个大水池了吗？我小时候，你外婆曾把我的头按在那个水池里，用水龙头的水冲。"

　　我外婆爱打我，而我外公从不。

　　外婆打我之前，会先警告。"你个小短命的再给碗打翻了，老子要抽你的筋。"而我越是被警告，越是会把碗打翻。

　　外婆的脾气不好是有原因的，她没上过学，从来没有工作过，家里的开支完全靠外公的一点退休工资。妈妈在该工作的年龄却选择跑去外地读书，并且，她嫁给了更穷的爸爸。外婆埋怨外公不求上进，只喜欢读书画画这些没用的事。"如果有下辈子,我才不要嫁人!我想工作!我想做个会计!每天管钱!"

那时候,我觉得外婆家就是这条巷子里最穷的,别人都有的,我没有。自从上了学,有了同学做对比,才发现有很多孩子都比我幸福得多。他们干干净净的,有的还穿着绣了图案、镶了花边的衣服,而我穿着亲戚和邻居给的旧衣服。有时我会感到难为情,因为袖子和裤腿经常会短一点或者长一点,露出难堪的脚踝,或者一直拖到地上。

每周,外婆会给我买三支铅笔。如果很快就用完了或者弄丢了,就要挨打,也别想再买。我老把铅笔弄丢,有时因此没有做作业。老师对我挺好的,问我为什么不做作业,我说我没有铅笔,老师便不再问我为什么,也不会去找我外婆,而是直接从办公室拿一支新的给我,让我放学后把前一天的作业做完。

可如果因为补做前一天的作业而晚回家,我还是得挨打。有时我被外婆打得厉害了,外公还会破天荒地和外婆说上几句话。

"你不要总是打她,她是个女孩。"

"不打养不大的,这丫头邪得很,比她妈调皮十倍。"

"你给她点零用钱。"

"小学给什么零用钱?到学校瞎花,还要惹事!"

"不用给多,能买足够的铅笔就可以。"

"哪里有那么多钱,都被你的儿子姑娘那些小短命的败光了。这个要读书，那个要出门的，没看见哪个拿钱回来过。"

"你说话怎么老是这样？"

"你还老是坐桌子前呢！又不赚钱，成天鬼画胡涂。"

每说到此，外公总是不再和她说话，转身叹口气，将我拉到桌子前坐下。

外婆则不罢休，她要回到厨房，对着敞开的窗子大声地骂。

"一屋子短命鬼哦，老子当初瞎了眼。"

即便我再小，也知道外婆心里是有恨的，只是不明白为什么。

我外公让我坐在他书桌旁的小板凳上，桌上垫了一块布满墨斑的白色绒布。

他将一卷宣纸展开，用两块石头做的镇纸压住。

我外公写书法时动作轻缓，每落下一笔前，他都会蹙着眉头停顿片刻。如果他画画，就会畅快很多。他拿起毛笔，蘸了墨以后，再蘸上水。墨与水相互渗透的样子，在纸上留下的痕迹，都像是偶然造成的灾难。

从小，每当我难过时，外公总是将我带到桌子前，让我看他玩墨水。我看着，就会慢慢变得平静。一旦沉浸到墨水的世界里，时间就会过得很快，痛苦也会忘记得很快。

我外婆说，我外公并不是什么有名的画家，就是穷开心而已。

　　每当到了冬天，邻居们拿着红纸到家里，排队让外公帮忙写对联时，厨房里便摆满了邻居送的礼情，主要是糖、鸡蛋和米，有时还会有茶叶和烟，我还见过铁盒子装的饼干。这些东西有的会留着家里吃，有时我也会分到一点，有的会被外婆拿到楼下小卖部换成钱。

　　我外公一跟邻居说话，就立即恢复正常。

　　"春风迎门添精神，五谷满仓呈祥瑞。此处用'祥瑞'如何？"

　　"您做主。"

　　外公不仅要写很多对联，还要让每家每户的都不一样。不仅文字要不一样，字体也要不一样，他总能让邻居们满意。

　　外婆曾经试探外公。"我们自己买点红纸，你多写一点，我拿到菜场去卖，那样就能赚到钱，你说如何？"外公不愿意。他是这条街上读书比较多的人，很讲脸。

　　我听外婆说，外公出生在离外婆家很远的一个叫仙桃的地方，在农村里，外公是家里最小的孩子。一九四二年，那年闹饥荒，外公只有十二岁，他的父母都生病去世了。于是，外公便独自一人从家乡步行五十多公里路，沿路讨饭，一直流浪到我外婆家附近，这里是城里。

　　外公被教会学校收留，一边读书，一边帮忙干活。他长大后离开了教会学校，在外面做文员，没再干过体力活。

　　解放后，外公在一个工厂里做文职，经人介绍和外婆认识，就在我们住的这间屋子里结了婚。外婆的父母是裁缝，出钱给她买了这间屋子。外婆没读过书,所以家里希望她嫁个读书人。

外公和外婆生下小舅后,曾经在街口那个老照相馆里拍过一张全家福。那照片里,我外公戴着一顶缝上了五角星的布帽子,穿着一身妥帖的中山装,坐在椅子上,双手放在膝盖上,目视前方。我外婆那时很年轻,短发别到耳后,脸上微微笑着。她穿着翻着领口的棉布白衬衣,也坐在椅子上。我妈那时候还是个小学生,扎着两条小辫。她眼睛很大,机灵得像会演戏的小猴,站在外公身边。小舅被外婆抱在怀里,穿着带围兜的罩衣,还是个小婴儿。

这张全家福,一直挂在书桌前的墙壁上。

4

在我小学三年级的时候，小舅参加工作了。他有了工资，就在外面租了个小房间住，这样我就可以住到他原先睡的阁楼上了。挂上帘子后，这就是一个独立空间，对我来说简直太好了，我就不用总是在大人面前换衣服了。

以前，小舅像家里的隐形人，他每天都很晚回来，总是在全家人都睡了的时候才回。他一回来就摸黑爬上阁楼，帘子一拉，台灯一开，就不再下楼来。每天我醒来时，看到阁楼的帘子拉开了，就知道小舅出门去了。我从来都不清楚，他的一天会如何度过。

偶尔我碰见小舅在白天回到家里，都是他要找外婆拿点钱用，我外婆总是在给钱的时候乘机教育他。

"莫游手好闲，莫给钱都用光了。早点娶媳妇！"

我有时会猜测，小舅总是不在家，是不是因为我？家里是没有厕所的，要么用痰盂，要么就得走到另一条街上的公厕去。有时我尿急或者拉肚子，都要在家里解决，确实很难为情。平时为了给我洗澡，外婆总是会将外公赶到厨房，再用木脚盆装热水，给我擦洗身体。

三代人同住一间屋，这种不方便体现在生活的方方面面。

我外公给我买了十几张大牛皮纸，盖住了阁楼上小舅贴的女人海报。我用外公的毛笔，在牛皮纸上画了幅"卷头发的小姑娘"。

阁楼的床边有一面方形的镜子，我拉上帘子，将小台灯打开，我学着小舅那些海报上的女人那样，将辫子解开。我披散着头发，抱着腿，看着镜子里的自己，将头发垂到膝盖上。

这个阁楼顶上还有一个方形的小洞，平时用木板遮着，从里面可以打开。我身体瘦小，刚好可以穿过去。我可以通过那里，爬到三楼的厨房，再爬到三楼的斜屋顶上。有一天，我下午放学回来，外婆和外公都不在家，我就悄悄通过那个小洞，一直爬到屋顶。

我从未有过这样的视野，头顶直接就是天。我站直了，就跟孙中山的铜人像一样高。我看见远处的屋顶上有只猫在晒太阳，它也眯着眼睛看着我。

我突然发现，街对面三楼的叔叔正在家里走来走去。他穿着一件背心，打着挑瓜（没穿裤子）。他腰下两腿间一大团黑毛，吊着一条白晃晃的肉柱，那样子甚是丑陋。

平时我偶尔去三楼玩，也经常从窗外看到那个叔叔。我从三楼看他是平视的，他当时也穿着那个背心，只是万万没想到，从屋顶上看过去是这样的。

　　我吓得一动也不敢动，恐惧与他对视的后果。

　　我小时候，曾莫名幻想过自己洗澡的时候被男性撞见时的情景。我产生了这种想法，却不敢和任何人说，以为是一定要保密的耻辱。此时我撞见他这个样子，这种羞愧的感觉，让我想死。

　　他面朝窗外，却没看见我。他在屋子里走了一圈，拿了几个东西就走开了。

　　我从那屋顶爬下来后，就再也没敢上去过。这件事我没敢和外婆讲。从此，我有点戒备和讨厌外面的大人，尤其是男人。

　　外婆家不远的街上，开了一家迪斯科歌舞厅，经常有打扮得很摩登的大人进进出出。有一次我从那里经过，正好看见我小舅，他旁边竟然还带着一个烫了头发、涂了口红的女生。小舅当时看见我，赶紧把原本搂着的女朋友推开，还当着她的面，给了我一毛钱，这种事简直是破天荒了。

　　"你真会疼孩子！"那女人似笑非笑地看着我小舅。

　　小舅自从搬出去住之后，整个人都变了。他烫了头发，穿很窄的裤子，戴墨镜，穿着宽大的夹克，经常出现在大街上。那时，大街小巷都弥漫着迪斯科风潮，我小舅搭上了时髦的列车。他一点也不压抑，就不像是我们家的人。

　　我回家跟我外婆讲这件事，我外婆笑了。"你小舅想结婚了。"

5

小舅的婚礼是在一个夏天，由外婆负责操办。她从餐馆里借了一口大铁锅，还请了两个厨师来帮忙。

头一天，外婆就把婚礼上要用的菜全部洗干净弄好，一直忙到半夜。

婚礼当天，家里来了很多人。邻居们挨个上楼，给我外婆塞了礼金。一开始，外婆故作推辞，"不要不要！"但最后总是收下。

还有十几个和小舅年纪一样大的男女，他们步子都很重，跟着小舅"噔噔噔"走上楼梯。他们和外婆聊天，吃外婆刚做出来的菜。

"好吃好吃！"他们聚在外面厨房里，嗓门都特别大。

有几个人跑进里屋看了看，看到外公还坐在书桌前，就自觉地把声音压低。他们看到我，就问小舅："这是你妹妹吗？"

"是我姐姐的孩子。"

　　直到婚礼即将开始，外公才离开里屋的书桌，下楼参加宴席。

　　我是第一次见识到这种场面，巷子里摆了十张从邻居家凑来的桌子，亲戚朋友和邻居们全都出席了。厨师将大锅里炒熟的菜分成一碗碗盛好，再用从食堂带来的大铁盘端到每张桌上。

　　板栗鸡块、糖醋鲫鱼、红烧带鱼、烧青蛙、烧鳝鱼、清蒸鲈鱼、豆米炒肉、千张炒肉、蛋白排骨、蒸鸡蛋、排骨藕汤、参汤圆子、蒸藕圆子、土豆丝、菜薹、腊肉藜蒿、空心菜、疙瘩汤。

　　"十张桌子，十全十美！十八个菜，满汉全席！"邻居们夸我外婆安排得好。我外婆平时省吃俭用，但在这天下足了血本。

　　我小舅醉得开始摇晃，他把从舞厅里借来的音响打开了，一声啸叫后，他举起了一个麦克风。

　　"今天，感谢街坊们光临我的婚礼。我要给这里一个不一样的感觉。"我从来没有看到过这样的小舅，觉得好好笑。

　　说完，小舅开始播放《路灯下的小姑娘》，新娘子在旁边捧起了通红的脸庞。

　　在猛烈摇摆的节奏下，老巷子遭遇了有史以来最强烈的震撼。空中的电线颤颤巍巍地晃动，灰都要掉到碗里来了。

　　我外婆终于忍不住了，冲到小舅前面，对着他就是一耳光，然后慌忙去拔电线。

这时，我小舅的一堆朋友围拢上来，我外婆被他们架到一边。那些人一边喊着"阿姨莫生气"，一边相互挤眉弄眼。他们带着笑，把我外婆架到楼上去了。

我小舅被抽了巴掌，本来正在一旁沮丧，新娘子走过来，摸了摸他的脸，他就猛地站起来，开始随着音乐跳迪斯科。他学着滑步，随着音乐剧烈抖动身体，夸张地摆动手臂，模仿触电后的样子，完全没有在乎旁人的眼光。

音乐变成更吵闹的"荷东"舞曲，邻居们一点都不在乎，坐在那里专心吃菜。

外公看到这一切，什么表情都没有，继续和邻居们碰杯喝酒。外公平时不怎么喝酒，连门都不怎么出。今天，算是他话说得最多的一天了。

我在那里感到难为情，心里很纠结。昨天外婆太忙，没有给我准备合适的裤子，我就这样下楼吃饭，现场所有的孩子都打扮得比我好看。

一段儿歌改编的摇摆舞曲响起来，所有十五岁以下的孩子都开始骚动了。他们一个拉着一个，陆续聚集到通道里，大家开始群魔乱舞。

那一刹那，我觉得人们都过得差不多。

6

小舅结婚后不久，外公就突然因心脏病去世了。

这是我人生中第一次近距离接触死亡，这一刻来得太突然，我反应不过来。

外婆一直在哭。她和外公每天都在一个桌子上吃饭，晚上也睡在一张床上。但是两人之间仿佛拉着一根绷紧的弦。

现在外公去世了，这根弦断了。

看到外婆这么难过，我只好忍住悲伤，自己偷偷想念。

家里床底下有一个箱子，里面有很多卷起来的纸筒，这些都是外公多年积累下来的字画。我全翻出来，一张张展开看，眼泪滴到了纸上。

外公去世使家族里所有的人都聚集了起来。那一天，家里楼下的通道里沿着墙放满了花圈。挽联上白底黑字写着"流芳百世遗爱千秋""音容犹在浩气长存"这样的句子。

从邻居家借来的几条长凳摆在那儿，上面坐了十来个远房亲戚。

我爸妈回来了，他们穿着大衣，已经和以前很不一样了。他们也给我买了一件小大衣，还有一套合身的蓝色运动服，带我去理发店剪了个头发。我仿佛变成了一个新的人，瞬间长大了许多。

"你想哭就哭。"我爸摸了摸我的头，但我无法当众哭出来。

陪伴外公最多时间的那张书桌，被抬到厨房里靠墙放着，上面放着烛台。外公的照片被放大，镶在黑边的镜框里，放在书桌正中间。

小舅穿着一身白色麻衣，头上戴着白帽。他号啕大哭，弯着腰趴在地上。我知道小舅是个什么样的人，这是他真的在哭。

外婆的哭也是真的，这是她多年情绪的出口。她对着外公的遗体发出撕心裂肺的呼喊，哭声绵长又起伏，夹着一些问句。

"你怎么不说一句就这样走了啊？"

"你不管你的外孙姑娘了吗？"

看到我外婆的样子，周围的人也纷纷挽起袖角抹眼泪。我想，也许他们也是真的在哭吧。

我妈摸着外公的照片。"爸爸，你为什么不多等我一会儿，我还没有让你享到福呢。"我想，外公应该是听不到了。

外公被火化那天，有车子开到了楼下，要将他的遗体带走。我趁着外婆和司机在楼下说话的时候偷偷跑上楼，走到摆放外公遗体的地方。此时，只有我和他单独在一起。

我偷偷摸了摸外公的手。真的很冰凉，但还是我外公。

外公去世后，我在学校待的时间变得更多。数学老师是个年轻的大学毕业生，老让我帮她印卷子。我在蜡纸上抄考试题目，还帮她用油墨滚筒印刷。我经常弄得手上都是油墨，然后去老师办公室里的水池洗手。

老师们都和我比较熟，特许我进阅览室。这里有宽大的书架和各种童话集、故事书，对我来说简直是天堂。

我看了童话小说《海的女儿》，第一次因文字而流泪。我的心随着小美人鱼在海底探寻，经过珊瑚做成的花园，找到女巫的房间，用舌头换来了双腿。最后，爱情被撕碎了，变成海面上漂浮的泡沫。

我恨王子忘记了爱情，为小美人鱼的死感到不值。

教我们自然课的老师是个白胡子老爷爷，他很高，同学们说他是混血儿。他经常穿着西装，胸前小口袋里的手帕叠成三角形，戴着一顶八角帽。他有时候会给我点钱，让我从外婆家附近的小卖部买雪茄带给他，还会奖励我糖果。

他告诉我一件事。"你们家那条街上，其实有读书好的人。我有个学生就考到德国去了，全家都去了。"

我问了外婆这件事，外婆说是真的。就是街对面三楼那个叔叔的亲哥哥，成绩太好了，就考到德国去了，还把他父母都带去了，只留下他弟弟一个人在这里。

想起在屋顶上看到的那个叔叔，我突然又觉得他好可怜。

我当时就觉得，就算是住同一条街，每个家庭也不一样；就算在同一个家庭，每个人的命运也会不一样。

7

　　我们班有个女同学，叫樱子，也住在我外婆家那条巷子里。樱子还有一个二十多岁的姐姐，她们都非常漂亮，但没有父母。

　　樱子的姐姐穿着少见的露出锁骨的毛衣和不到膝盖的裙子，她的皮肤白得发亮，就像兜住了身体里的光。她鼻梁高挺，睫毛微翘。她看我的时候，那双大眼睛里像是住了只猫。

　　她在弄堂口碰见我，总是喊我去她家玩，我就跟着她走。她们家非常暗，窗户外半米就是围墙。镜子前有很昏暗的灯，还摆着些化妆品。那个年代，这种东西好少见，那些精巧的玻璃瓶子闻起来都非常香，但是有一种很假的感觉。

　　我和外婆说了这些，外婆突然变得非常生气。"不学好！以后不准去她们家！"她还打了我，我完全不明白是为什么。

　　直到有一天，我又偷偷跑到樱子家玩。突然有人敲门。

我看到门口站着个中年男人，他背着光。

这时，樱子的姐姐低下了头，她脸色突然暗淡下来，眼睛里常有的笑意消失了。她给了樱子一毛钱，叫我们出去玩。在我和那个男人擦肩而过的时候，我不小心看见了他的眼睛，特别可怕，就像蒙着一层灰。

门关上了。我瞬间懂了外婆的意思，低头想了想。"樱子，我外婆叫我回去了。"我再也没去过樱子家，她们也没再邀请过我。我遇到她们还是会主动问好，只是我装不出原来的热情，她们看我的眼神也变了。

那个年代，街边的墙上会贴出一些白色布告，上面有一些刺眼的词，"流氓""强奸""盗窃""杀人"。我从小就知道，这个世界并不安全，总是尽量警惕。

小学四年级之后，我爸妈看望我的次数多了些，他们经常会带我出去买衣服。有时候，在街上遇到邻居和他们打招呼。"你们的姑娘很漂亮。"我觉得可能是这些衣服的作用，以前并没有人这么说过我。

有一天，我爸带我去书店，他突然蹲下来和我说话。"你非常聪明，但如果有一天你还是被坏人抓走了，你唯一的办法，就是努力对坏人好。人都会有感情，你对他们好，他们也许就不会伤害你。"爸爸当时看我的眼神充满忧伤。

现在想来，这句话对我影响挺大的。

我经常在半夜被楼下的骚动惊醒。这条街，在夜里是另外一个基调，老发生奇怪的事情。

　　一个傍晚，我正坐在二楼窗台上吃面，旁边放着一盆我外婆新养的君子兰，这是家里唯一的植物。外婆过度在乎这盆君子兰了，只要是阴雨天或刮风天，都要给它拿进屋里。她每天都要把新的鸡蛋壳放在泥土里，让蛋清去滋养君子兰，可它从来就没有开过花。

　　我揉了揉眼睛，看到楼下街上有一个男人，极其缓慢地在地上爬动，他从十多米外往我脚下的方向爬过来。我一边吃着面，一边观察。

　　当他爬到我脚下的位置时，突然翻了个身。我的视线正好俯视着他全身，他的衣服上、脸上，全是血。

　　他的眼睛没看我，直直盯着天，在那里抽搐了几下。我再仔细一看，他肚子那里有一大团黏稠的白色东西，流到了身体外面。

　　我吓得往后仰倒，手里的面都泼到了靠窗的床上，人也摔到了地板上。

　　外婆听到响声，从厨房跑到屋里，看到床弄脏了，气得直接给了我一巴掌。接着她看了看窗外，赶紧把所有的灯都关掉，锁了门。她拉着我坐在床边，示意我别出声。

　　这时，楼下响起一阵由远及近的脚步声，有几个人在低声说着话，听得不太清楚。紧接着，我就听见我们家的楼梯响了起来。

　　"咚""咚""咚""咚"，皮鞋踩着楼梯，声音越来越近。那人上了楼，与我们就隔着一道门。

我屏住呼吸，紧张感越来越强烈。外婆搂着我的手，也越攥越紧。

那人在厨房里看了看，我们屋里关了灯，三楼也正好没人，就"咚咚咚"走下楼去。我和外婆一直等到完全没有声音了之后，才悄悄在大床上睡下，整夜不敢出声。

第二天，有人上门询问外婆昨晚的事情，她说啥也没看见。

外婆对我说，不要在晚上下楼，街上很危险，小心遇到流氓。说完恶狠狠地瞪我一眼，紧接着又露出担忧的表情。

外婆依然是每天早起以后就一直待在厨房，细碎的家务活可以平缓她的情绪。

外公留下的书桌，成了我做作业的地方。

只要我惹点什么事，外婆立马就会燃起昂扬斗志，停下手中的事情，专心对付我。我上蹿下跳，借各种物件躲避她。外婆挥舞着一条旧毛巾，就像挥着道姑的拂尘。

我总会在她即将到达暴怒的临界点老实投降，停止逃跑。如果等她狂暴起来，后果将不堪设想。

一般我被外婆抓住，第一个耳光打下来，不哭并且马上认错，后面意思几下，忍忍就过去了。可如果哭出声来被街上的人听到，我就会被连抽耳光，抽得我头皮发麻，陷入牲口一般的沉默。

"你给我坐下！"她总是在打完我后坐下来，对我絮叨她痛苦的一生。

　　她说我外公不爱她，我相信她说的是真心话。我知道，他们活在两个世界，一个在厨房里，一个在书桌前。

　　她又说，外公生前有段时间，在对面大街后面的巷子里有了个相好的女人。那时候，我妈才上中学，外婆派我妈去侦察了之后，亲自去对方单位里闹，才斩断了外公的情丝。

　　我这才明白，外公为何会对她冷漠。

　　外婆说完之后就落泪了，压低嗓音开始吟唱。

　　你这个短命的劫数啊，咿啊。
　　我为你耗尽了一生啊，咿啊。
　　你还找外面的婆娘啊，咿啊。
　　留下我守着你的伢啊，咿啊。

　　外婆是在外公去世以后才开始养花和唱歌的。我妈给外婆买了一台电视机，使她喜欢上了黄梅戏。

　　我偶尔会要求看点别的，香港连续剧之类的，比如周润发和赵雅芝演的《上海滩》。可外婆完全看不进去，她只喜欢黄梅戏。

　　有一次外婆带我去看戏，我们从家里出发，步行半个多小时，走到一个叫民众乐园的剧场。那里有新疆人在卖羊肉串，外婆买给我吃。我妈赚了钱之后，每个月给外婆钱，也经常给她买东西，外婆因此对我大方了很多。我站在那里摇着脑袋拼命吃，那羊肉串摊子旁架着个喳喳响的音箱，一会儿放新疆歌曲，一会儿放齐秦的歌。

那戏名叫《柜中缘》。讲的是有个姑娘为了救一个男人，将他藏到衣柜里躲过了官兵的搜查。接着她哥哥回来了，发现柜子里藏了个男人，要打妹妹。直到她妈妈回来，把男人从柜子里放出来，还让这个男人娶了那个姑娘。

我看着剧场里那些鸦雀无声的老人，有的人带着比我更小的孩子，痴痴地望着台上那些咿咿呀呀的演员。

剧场里黑压压一片，突然间有人大喊："抓强偷！"

一个黑影健步跑出场外，人们纷纷起身出场，夹杂着小孩哇哇的哭声。

8

　　我们这条街，大白天的，经常有一些中学的小混混拦住路边的小学生，搜口袋，下皮带，抢走钱和衣服。因为我是个女孩，侥幸逃过几次，直到我遇到另一个女孩。

　　她拦住了我。她眼皮浮肿，鼻孔朝天，烫了个很丑的短发，穿着一件皮马甲。她长得壮，比我高，胸很大。她凑近我，身上气味很不对劲。她闻起来就像腐烂的橙子混杂了墙边晒过的尿。

　　她将手伸进了我的外套口袋。我当时兜里没钱，她将我全身上下的口袋翻了个遍，确实没有。

　　她上下打量我，问我是哪个小学几年级的，要不要认姐姐。我想了一下说，等我毕业后就认姐姐，她就放我走了。

　　后来我在路上远远看到她，带着几个比我还小的姑娘，穿着不合身的裙子还蹬着高跟鞋，我立马绕道而行。

　　如果认她做姐姐，就会被拉出学校，跟她躲在昏黄的房间里。有些外面来的男人会给她钱，让她把"妹妹"带到舞厅那边的录像厅去。那些女孩会被那些男人带到木头做的小隔间里看恐怖片和三级片。

我外婆看到那种女孩就骂。"那些姑娘伢，以后都会走歪路的，你千万不要和她们玩。"

我们班最好看的两个女生也渐渐被拉到那个阵营。那两个女生的母亲都是烫着卷发，每天在阁楼里打牌的颓废女子。

外婆总是会骂一些打扮得很妩媚的女人。她所有的仇恨，她一生的灾难，她所有的不幸福，都是因为那种女人。

有一天，我想找点书看，于是坐上一路电车，只要两站路就可以到新华书店。司机开得特别快，我拉着扶手尽力维持身体平稳。

到了一站，上来很多人，我被挤到靠窗的位置。

我感觉到一阵痒痒的触碰，有东西抵着我的背。我回头一看，有个人正贴着我的身体，用腿顶着我的屁股。是一个看起来像高中生的脸色苍白的男人，他的眼睛细长，面孔还挺俊秀。

我没反应过来，心里想："他在干吗？"下意识里，我又觉得恶心。

我待在那里不敢动，他一下又一下地用身体磨蹭我。我又回过头去看他的眼睛，他只是瞟了我一眼，然后皱起了眉头看向窗外。

我逐渐往旁边挪动，想脱离他的控制范围。他跟我较劲，堵截我的身体，贴得更加紧。我突然倔起来，猛地回过头狠狠盯着他，就快要喊出声来。他放开了手，我赶紧从他身边逃脱。

到了书店，我还在想着，如果这个坏人将我抓住，会把我带到哪里去？我会不会被杀？然后被装进麻布袋子，沉入江底？

那段时间，我陷入了对死亡和灾难的幻想之中。我变得阴郁，经常听不到别人跟我说话，有时会在睡梦中发出尖叫。外婆注意到我的变化，叫来了我爸妈。他们先是问我有没有遇到什么事，在我拒不回答之后，他们意识到再不把我带在身边生活，我将会失控。

他们和我商议未来的生活安排，这使我重新拥有了希望。我也意识到，原来生活环境是可以商量着改变的，我原本还以为一辈子都要留在这条街。

临到小学六年级，我才知道自己的成绩有多好。以前我对当班干部不怎么热衷，一直都只是两条杠，还是老师要我当的。我是"宣传委员"，负责画教室后面的黑板。小时候在外公那里学到的技能使我画得又快又好。

到了六年级，老师将各个班成绩最好的学生选出，组成了一个"快班"。这个班每周都要考试，还要排名次贴在墙上，我一直保持前三名，经常第一，很快我就成了三条杠。

数学老师对我的点评是："她的加试题基本上可以全对，偶尔扣分都在小错上，只要她不那么急躁，再细心点就好了。"

　　"你不愧是我的女儿。"我妈妈说这句话的时候，我并不觉得这是一种表扬，也并不感到高兴，反倒是她充满了自豪。对于我来说，学习和考试，都只是度过一段时间而已，没那么重要。

　　考中学那天，我妈工作忙，是我爸请假陪我去的。

　　"你想吃米发糕吗？"

　　"不想，我想吃蛋糕。"

　　我爸笑了笑，给我买了一个最大的。

　　就在小学毕业的那个假期里，我爸妈一起来我外婆家接我。我离开了这条街，住到了我妈单位分的房子里。

　　离开时，我除了身上穿的那一套衣服，什么都没带走。新家里早就为我准备好了所有的一切，我也终于有一个属于自己的房间了。

　　十二岁时，我离开了自小生长的街区，都没有回头看一眼。

9

小升初成绩下来了，我考入了省重点。进校数学摸底考，我成绩全年级第二。我妈狂喜，大肆在她单位宣扬，以我为荣。甚至引发她同事的小孩给我写信，说要向我学习，还要我回信鼓励对方，很是麻烦。

"我和她爸都没怎么辅导过她，不过她的聪明是遗传我的！"她老这么说，我爸就在旁边跟着笑。

学习对我来说不算太累，反而看着我妈那么高兴，我很累。我学习好，是因为我没有别的事情可做而已。整个小学期间她都没见过我几次，也并没有教过我什么，怎么就比我还开心呢？

我妈工作能力很强，她大学毕业后进入一个供销单位，用了八年的时间，从一个底层的临时工干到总经理。

我妈迷恋胜利的感觉，连我的胜利也不放过。

她开了酒席，介绍我认识她的同事，还有她同事的孩子们。每一次，她当众宣扬我成绩如何如何的时候，我都要配合她的表演。最需要我配合的是观众答疑环节，席间会有家长或者小孩询问我一些类似"语文和数学哪个拉分快"这种我完全听不懂的问题。

我妈得意的样子简直忘乎所以，也许在她眼里，这就是我的人生巅峰了。在接下来的整个初中阶段，我都在放纵自己。我找到一切间隙，在课堂上或者假期里，疯狂阅读小说。那时我妈见我成绩好，每周都给我很多零用钱，我全都用来在新华书店和文具店消费了。我买了很多文具，其中有一个漂亮的红色塑料皮封面的日记本。

我一口气把书店摆在最外面的那些书都买了，金庸、古龙、梁羽生等人的书，一般人都喜欢看。

我还买了些外国长篇小说看，初读《飘》时，斯嘉丽让我惊为天人。这个人物真是强大又有趣。我才发现小说还有这种写法，主角也可以一开始是个笨蛋，经过磨难再慢慢变得聪明。主角也可以有这么多缺点，而且虚荣又风骚，离过两次婚，依然还可以被最出色的男人爱上。在关于斯嘉丽的描写中提到过一条特别的黑色裙子，黑色使她在众多绚丽的颜色中脱颖而出，从此黑色就是我推崇的颜色。

我在家里一般不怎么说话，下课回到家就假装做作业，其实是在偷偷看小说。我用厚厚的教材盖住小说，一看就到深夜。作业都是乱写一气，或者第二天到学校再抄。

我妈那时候工作很忙，经常很晚才回家，我听到她进门的声音就把书藏起来。她一般推开门看我一眼，见我坐在桌子前，就回自己房间去了。有那么几次，我妈下班回来得早，我爸就会提醒我："你今天不要看小说了，你妈会突然进房间检查你。"

果然就和我爸说的一样。我妈进我房间从来不敲门，她甚至会轻手轻脚地在门口偷窥，和学校里的老师没两样。我妈性格处处强势，我爸则完全不同。

我爸大学毕业后在机关工作，性格温和，擅长文艺。他买了一台录像机，经常租录像带回家看。有时我爸会叫上我一起看，尤其是在假期里。黑帮电影、爱情电影、武侠电影、喜剧电影、连续剧，我看了个够。我妈很讨厌我看录像带，会因此骂我爸。

"她一点也不像我，没有一点紧迫感。"

"她成绩还好，毕竟在重点中学有压力。"

"进校时本来是前几名，现在还不是滑下去了。都是你害的！"

"假期里看看没事，要不然跑出去玩更让人担心。"

"你快帮我将衣服都收了。"

"好的。看完这部就来。"

"不行，快下雨了！"

"来了来了。"

我爸妈之间的关系很明显要比我外公外婆之间好很多，因为他们是自由恋爱结婚的。我妈懂得撒娇，而我爸懂得让着她。

10

　　看了那些书和电影，我总是会幻想未来，有时候因此睡不着。

　　我渐渐学会打扮自己。那时候已经出现了外贸服装小商品街，我也经常和同学约着一起去逛。

　　"你喜欢谁？"女同学问我。

　　我想了很久。"周星驰吧。"

　　"我问的是我们班上！"她笑弯了腰。

　　可是初中的男生，就跟狗没啥区别。他们喜欢作弄我。在我头发上粘口香糖，在我衣服上贴纸条，从背后拉我胸罩带子，在我抽屉里放蛇，给我写下流小纸条。做完这一切，他们笑着观察我的反应，我总是面无表情，免得让他们更开心了。我怎会喜欢他们？

　　学校对课外活动格外重视，举办了全校晚会。

　　初中部的节目以大合唱为主，每个班级都很认真准备。我们班排练了两个下午，演唱的是《明天会更好》和《东方之珠》，全体统一穿着白衬衣和黑长裤。老师让我站到了前排，我旁边是一个喜欢讲话的胖女生。

高中部的表演则是以小合唱为主，还有人唱Beyond的歌。唯一的独唱，是一个男生。他单独站在光柱下，唱了一首郑智化的《我这样的男人》。

我身边的胖女生一直在我耳边小声喊："好帅啊！好帅啊！这就是高一的穆白。"

第二天早上，我走到教室楼下，远远看见穆白站在那里。他叫住我，对我说他在这里等了我半个小时。他还说，知道我叫什么，在哪个班级，每天走哪条路回家。我觉得太突然了，不知该如何应对，只知道点头，显得有点呆滞。

那天放学后，穆白又来了，说要送我回家，我点点头。回家的路有半个多小时，他告诉我，他来自军人家庭，他们院里有好多小孩在这个学校，我们班上也有，所以他事先调查过我。他告诉我，他在练钢琴和吉他，还对我说，他以后要当一个歌手。

他一直在不停地说话，从他们班老师的坏话讲到他打篮球的事情，再讲到他家里的事情，他的话题永远都说不完。而我不知道该讲什么，仅仅是听着和点点头。

到了我家楼下，他突然靠近我，拍拍我的头说："再见。"这个动作对我来说太刺激，惊得我一缩。

这天我特别紧张。回到家，看见我爸在看录像带，我没跟他一起看。我赶紧进了房间，开始对着镜子练习讲话。

"你好，穆白。"我觉得这么说话显得有点傻，试图寻找一些话题。"你看过周星驰的电影吗？"我还把衣柜里的衣服翻了一遍，选好了明天的穿搭，排练了一晚上，想好了许多台词，还对着镜子练习了说话时的表情。

第二天，穆白又出现了，我看到他的时候，硬挤出一个笑容。

"你今天比昨天看起来还要漂亮些呢。"他说完就没看我了。我一下子不知道该怎么接话，就想起昨天练的。"你看过周星驰的电影吗？"

"看过。"他回答了，但没有继续我想出的话题。"我今天遇到个特别烦的事，老师让我们准备选文理科，我完全不知道该怎么办。我在想，我是选文科，以后考专业的音乐学院呢？还是选理科呢？毕竟我数理化是最好的。我对文科其实没有真正的兴趣，只是一旦要考艺术院校，就非得学文科。我爸说我不是唱歌的料子，他想让我考军医大，可是那是最累的专业，我觉得他完全不尊重我的个人意愿，也完全没顾及我的梦想。我妈平时只知道做家务，一点主见也没有。"

他就这样一直说着，一句连着一句，我连插句"哦"的时间都没有，更别提昨晚排练好的台词了。

我也没有觉得特别难受，毕竟他比我大几岁，他说的事情我不懂也正常，听一听也没坏处，也许这样慢慢相处下去，我就能找到沟通的办法。

　　从此以后，每天放学，我从教室出来顺着栏杆往下看时，都会看到他在楼下等我。"他每天都在等你，你成了穆白的女朋友！"那个胖女生很激动。

　　我一直都有一个疑问。如果将来的某一天，我从教室出来，没有看见他在楼下等，那么我该不该等他？我和他并不是一个年级，如果他偶尔放学比我晚，或者做别的事去了，我作为一个"女朋友"，该不该留在教室里等他？可是，他几乎不会让我为此为难，总是会准时出现，但从没有约定过明天，这让我有点疑惑。

　　就在穆白放学送我回家一个月后，这一天，我下了课出来，没有看见那个熟悉的身影。

　　"他会不会是被老师留住了？""他是不是生病了？"我幻想了很多个理由，都觉得站不住脚。我转身走进教室，胖女生仿佛看穿了我的心事。"你等等他吧。"

　　那天，我在栏杆边等了两个小时，直到天快黑了。回到家，我爸问我怎么了，我骗他说老师给我们加了课。穆白再也没出现过，直到过了几天，我看见他在学校门口接送别的女生。

　　我经过他面前，他看了我一眼就把视线移开了。我回想起他最后一次送我，走到我家楼下时，对我说的最后一句话："下次换你说话了，老是我一个人说，你怎么老不说话？"

　　我曾在心里问过自己，痛不痛？有没有一点点难过和自卑？

我总是在内心纠结，在他面前该如何表达自己。我曾偷偷看过他讲话时侧面的样子，他留着较长的头发，有点像爱情片里的人。而我从小在外婆家被鸡毛掸子抽得满地打滚，我跟他不是一个故事里的人。

我萌生了写作的念头，在红色日记本上写了个爱情故事，为自己以后的恋爱打草稿。我写了一个自己主动追求男生的故事，将周星驰设置成我的同班同学，大胆使用了一些甜蜜幻想之类的桥段，尺度到牵手和拥抱。

我将这个日记本放在房间的抽屉里，被我妈翻出来了。自从上了初中之后，我的成绩不断下滑，早就使我妈丧失了耐心。她一再用激烈的言语表示对我的失望，我被她弄得羞愧难当。她逼问我，故事里写的这个男人是谁。

"这个人是周星驰！"我对她大喊。

"放屁！"我妈把日记本摔在我脸上。

和我妈生活在一起以后我才知道，她遗传了外婆的很多东西。她们都很聪明能干，承担着照顾家庭的担子，是对家里付出最多的那一个。但脾气都同样暴躁，轻则言语攻击，重则动手。可我就是会忍不住和她顶撞，然后演变成更严重的相互打击。

她以平等的姿态与我对峙，我们在彼此的底线上试探过无数回。我们轻则怒吼摔门，重则相互推搡，然后被我爸拉开。更严重时，我们拿东西扔对方。我一直都明白，这条疼痛线始终斩不断，因为那条隐形的脐带不会消失，会存在一生一世。

　　每当我们又试探着相处回来的时候，她用各种温暖的语言，用适时的拥抱，用钱，用礼物，就可以解决所有的问题。我总能微笑接受，渐渐忘记仇恨。可过了一段时间，冲突又会再次发生，我们也都会不断翻对方旧账，斗得难解难分。

　　"你外婆在我小时候经常打我，我从不会记仇。"

　　"你是你，我是我。"

　　"但是我生了你！等你以后生了孩子，你就知道，反而是你欠我的。"

　　"我花了你的钱，我长大以后赚钱还给你。"

　　"你怎么还？你的聪明，就是遗传我的。"我顿然觉得，我之前的那些学习成绩，就像是进了她的圈套。

　　"你只是在乎自己的面子而已，整个小学你都没有管过我，我成绩好和坏都与你无关。"我内心始终在埋怨她为了自己的工作，童年时没管我，让我在那个街区长大。

　　"你放屁！你早恋，你不要脸，你以后迟早要学坏，然后被送进少管所。"

　　我沉默了几秒，仔细感受了一下那些话给我带来的刺痛。"我根本就不想你做我妈妈。"这句话脱口而出之后，我收到一记响亮的耳光。我的头发贴着脸颊，脸上滚烫。

　　我记得，当时我脑门一炸，用最短的时间扑了上去，对着她的脸，连着呼了三下。

她眼中最先露出的是惊恐，接着有哀伤的表情，接着又咬牙切齿对着我扑过来。我们开始抓对方的脸，揪扯对方的头发。我的眼睛已经发红，和野兽没有区别。

从小外婆对我的教育就是"笑了遭白眼""哭了必挨打"。所以我一般都不爱笑，不会哭，不愤怒，很能忍。但这一次，我莫名生出一种从未有过的怨恨，想拼到底。

这时，我爸冲过来了。我爸赚的钱没有我妈多，历来不敢反驳我妈，看我挨骂，偶尔会安慰我两句，但基本上还是护着我的。可是这次，他对着我的脸打了一巴掌。"嘣"的一声，我头晕目眩，脸肿起来老高。

这之前，我几乎没怎么在父母面前哭过，可这一下，我哭了。我曾以为，我爸会是第二个外公，可他不是。

我一吸，吃掉了鼻涕，然后转身进了屋。

那几夜，我经常站在卧室外的阳台边，思考着要不要跳下去。有个声音怂恿我："一了百了吧。"另一个声音挽留我："只要活着，还有希望。"

由于脸肿了，我七天没有去学校，在家里看小说。我爸妈也不敢和我说话，反锁了家里的大门。

每天中午，我爸都会从单位骑车回家给我送吃的，晚上也会把饭送到我屋里。我们一直保持着没必要就不说话的状态。我妈和我说话我也不回应，她接着会恼怒，继续骂我，我也继续不说话。

我找出笔墨和砚台，坐在书桌前，像我外公那样开始临摹宋代花鸟。只要能沉入到绘画的一笔一触里，便如有凉风徐徐，可以使我感觉脸上没那么滚烫了，可以使我平静下来。

我真想离开家，但又不知该去向何处。

11

回到学校，我就像变了个人。我剪短了头发，在校服外面穿起了皮夹克，还买了一双厚厚的军用皮靴。

我恰巧在校门口碰见了穆白，他旁边有个新的女孩，本来我想赶快避开，他却主动对我说："你好帅！"

我假装没听见。

第二天，我们班的胖女生对我说，中午找我有事。她将我带到离学校最近的一个巷子里，三个女生站在那里，都是高一的。我意识到自己被出卖时，胖女生已经站到了对方身后。

领头的女生就是穆白的新欢。她充满怨恨，走过来，扬起手抽我脸。我先是有点怕，傻站着没动。那种感觉，就像我是港片里活该挨打的龙套。

第一下，第二下，第三下，我的脸开始发烫。

这时，我看到旁边的胖女生有劝架的意思，她看着我的眼神里有歉疚。我再看另外两个女生，她们都没有动手的意思，甚至还有一点害怕的样子。

我下了一个赌运气的判断，认为其余的人都不敢动手。我快速升腾起一股压抑已久的恨意，心里发了狠。"我要做一个坏人，老子要打死你。"

我在那女生的第四下打击到来之前，一拳打在她脸上。打下去的那一刻，我的血液冲上头顶，带来一种前所未有的舒畅。

我想起了外婆的一声声叫骂，我想起了妈妈说的"少管所"，我想起了我老实的外公和父亲，他们忍气吞声的样子。

怒气真正释放出来是无法节制的，尤其是在敌人眼睛里看到难堪和害怕之后。我冲上去，不顾一切地连打带踹。那女孩被我吓得发抖，然后被我猛地一脚踹在肚子上，往后滚出半米远，旁边三个女生吓得往巷子的另一头跑。即便我已经赢了，但还是不解恨，我骑在那女孩身上，一下又一下，直到抽得我自己手疼。

她瘫软在那儿，哭都哭不动了，我还是没停手，直到把她的鼻子打出血来。

这件事闹得挺大，学校教导处把我们的家长喊来。

"她先打我女儿，还带着好几个人！她是想当女流氓吗？"我妈吼起来的时候连我老师都怕，把对方家长都吓住了。双方都没有深究，教导处主任做了口头批评，让我们写了个检讨完事。

从那件事之后，我经常做奇怪的梦。在梦里，我无数次地对着空气搏击。我发疯般挥舞着拳头，踢蹬双腿。我和在梦里见到的任何一个人或者怪兽对打，都是我主动的。

在现实里经历的，只是梦的结果罢了。我的暴力开关被开启，并不断蓄值。打架很简单，注意避让，动手快。那时候我取了个江湖名号，开始找伙伴。我先在本校找了几个也被人欺负过的女生，我觉得团结弱者比较容易。

我们首先是到"仇人"的班级或者学校门口去等候。我和她们约定，我和谁说话，她们就盯着那个人看。先和对方沟通，道歉的人就不打，不道歉或者很跩的就打。

我很期待能再打一架，可是我们找到的那些人基本上都道歉了。谁会在一帮子人来找自己要一个道歉的时候，选择正面打？道歉是何其容易的事。

十五岁的我，天真地以为世界上所有人都希望和解，没什么是大事。

我们在中午集体骑车探访江岸区的各所中学，在下午上课前回来。我穿行在那些有着百年历史的街道里，满脑子都是关于未来的幻想。

随着时间的过去，我的怒意渐渐消退。可我已经习惯了让人觉得我很凶，几乎没什么人敢惹我。

那时，我关注了琼瑶，主要是因为林青霞演的《窗外》。林青霞很漂亮，我看了她演的其他电影，觉得她比山口百惠好看。相比港片里的女孩，我明显感觉到台湾电影里的女孩更加细腻、文雅和痴情。

我还看过岑凯伦的书，不太喜欢。女主角全都是身世离奇，然后进入富豪之家，遇到完美的男主角。恋爱永远只需要用语言征服，没有逻辑，各种没有理由的撕心裂肺，有点儿莫名其妙。

三毛对我的影响是巨大的，我觉得她比别的女作家都强。

她也是个调皮的女孩子，但是却可以理直气壮。她连偷钱的事情也可以直接写出来，人们反而没有怪她。她写的东西不像是编出来的故事，反倒像是她自己的日记。她可以流浪到沙漠里，和黑人妇女一起在河边洗肠子，她还会用汽车轮胎做沙发。在她的故事里，人可以在最远的地方、最穷的时候，也保持快乐。

三毛的文字让我觉得，过往的错都是小事，所有的耻辱感，最终都会消解。人可以去任何地方，做任何事，这个世界上有很多和我们这里不一样的地方。

12

初三下学期，我开始了思考。"我从哪里来？要到哪里去？"我想快一点选定报考的学校，也想去出生的地方看一看。

不知道别人有没有反复做过那样的梦，回到童年住的街道和小学教室，我老这样。梦里，我在熟悉的街道穿行，在屋顶晒太阳，在教室里上课，在阅览室看书，而不是在我现在睡的这个地方。

有一天，早上十点多，我突然从课堂里走了出去。走出校门时，由于我没带书包，门卫也没拦我。我去了小学附近的几所中学，找到了一个又一个老同学，我把他们从学校里带出来，带到我出生的巷子。

我外婆早已搬到楼房里去住了，将她的房子租给了商贩。整条街都开始卖皮鞋，形成一个小市场。货物都摆到了街上，路已经被塞得很窄了。

炙热刺眼的五月艳阳下，老同学们都处于青春期了，开始打扮自己了。郭富城式中分头在男孩中间很流行，很多女生穿着从旧货市场淘来的毛衣和裙子。我们还一起去了小学，那里重新装修后完全变了样。我惊觉，原来所有事物的实际尺寸，都比回忆中的要小很多。

我带着他们去了长江边的废弃码头，我们全体忘记了下午还要上课。江风里有一股黏稠的腥味，我们在岸边呆坐，有人热衷于将轻薄的石片抛向水面，跳出三四个蜻蜓点水，险些击中江里游泳的人。

我久久不能平静，看着自以为很遥远的对岸。

中考后，我选择了江对岸的高中，住读。只要能离开家里，离开过去的生活，那就是一个新的世界了，也会有新的我。

没想到我这一离开，就是二十五年。

高中之后，我看了更多的电影，中国的、日本的、美国的、欧洲的。我开始看大量的中国小说，当时我喜欢上了王蒙主编的"布老虎丛书"和"红罂粟丛书"。每多看一本书，我都更加觉得自己没错。

我那时并不知道，群星闪耀的时刻并不是常常都有。只是越到后来，我越是觉得，自己在年幼时从书本中窥见的微光，足以照亮后续的坎坷之路。后来我做了很多错事，有些是故意的，但我甚少出现羞耻感。再后来，我的阅读面更加广阔了，伸向未知的世界，穿越浩瀚的大海与星辰，去了解自己从未去过的地方与从未见过的人。有很多早已消逝的时空，它们也都存在过。

我后来还喜欢上了摇滚乐，它将我的自信推上了顶峰。

报考大学的时候，我选了艺术专业，走上了一条"不归路"。不为别的，仅仅是为了沉浸其中，让时间过去。我遇到过几个特别好的老师，他们身上有很多和我外公相似的地方。

我妈在工作上取得很大的成就，她完全不能理解我，经常用言语打击我，可是她的言语对我已经起不到任何作用。

"你一点也不如我外公。"我怼完这句话之后，便不再理她。

上大学和读研究生时，我一直都住在宿舍或者租来的房子里。毕业后，我到别的城市工作，不到迫不得已，不会回爸妈家住。在我回到家乡之前，我曾搬过三十几次家。

我长大后，非常善于和男生交往和沟通，主动和被动已经没有痕迹，总之我希望的都能达成。我曾谈过一些男朋友，但其实从未真正对其中任何一个产生过"一辈子"的念头，事实上我也没做到过。后来我结过几次婚，也曾买卖过好几次房产。当一个新房子装修好，我站在里面的时候总会想，我终究会离开这里。

如果我曾在浓情蜜意时做过承诺，那也是牵强的。和任何男人生活在一起，我也还是更热衷于自己的世界，不管是书本和电影，还是游戏里的虚拟世界。

我真正需要的，其实也只有一张书桌。

　　后来有了孩子，这是我坚定地想要留下的羁绊。如果说我是一个痛苦的生命，我唯一想带给她的，只有快乐而已。

　　就像我妈说的那样，我生了孩子之后，果真会体谅她。我减少了和我妈的争吵，还会反过来关心她。但我始终不愿意和爸妈住在一起，因为即便是抗议了一万次，我妈也还是会进我房间，翻我所有的东西。她永远不会明白，我为什么会抗议。

　　我爸妈已经老了，我妈仍然处处显得强势，经常对我爸怒吼。我爸总是一笑而过，对我摆摆手："争，没意义。"

　　他们一辈子都没变。

13

　　我遇到的那群年轻人，后来真的办成了那个艺术展。人们称之为"野展"，引来了近千人观看。

　　按道理说，在废墟里办艺术展，是一件反常规的事情。

　　艺术展一般都是艺术家们将作品放在艺术馆里，被人观看的过程。一般都要在艺术馆办过展览，才能被认为是艺术家。艺术家的履历也通常是由他们参加过的展览排列而成。

　　这群年轻人很疯狂，不顾一切地想办这个艺术展。如果要在艺术馆里展出，他们要面临很多实际的问题：身份的确认、作品的审核，等等。他们等不了那么久，就直接在废墟里办了。

　　他们从一开始就懂，没有"天才"或者"注定的艺术家"，只有陷入疯狂、拼命求索的人。

　　于是在我出生的街区，在那个庄严如教堂般的废墟里。他们把作品运进去，将灯光点亮，让音乐响起。那天来了很多人，个个都是着装怪异，表情坚决，一副天不怕地不怕的样子。

　　那一天，我没有看见桃桃，不知道她又到哪里流浪去了。

燃

烧

1

我第一次见到那个人时，就感觉到了他身上的不对劲。他弯腰塌背，肩膀低垂，就像刚被人捶过一顿，还没有缓过神。他眼神游移，和微信上活泼善谈的感觉完全不同。

我其实老远就看见他了，但没一直盯着看。他在人群中慢慢靠近我，走到我身边时，他问我："你知道我是谁吗？"

我看着他笑了一下。"我知道，你是奥特曼。"

和奥特曼的见面，其实已经拖了很久。

那天对我的公司来说是非常重要的一天。

那天之前，资方的一个股东对我说，如果我再把工作重心放在那些根本不会出名的歌手身上，我们将不会得到后续的投资，公司就全完了。

我将筹码压在了那天。我对股东们说，如果那天的活动我能做到让三千人到场，就可以证明我们的实力，资本可以再谈。

　　两年多以前，我和父母、女儿，还有我前夫住在上海。女儿一岁时，我前夫遇到了其他女人，我一点都没察觉。我出差的时候，我妈给我打电话，说他突然失踪了。我回到家里一看，发现墙上一幅画不见了，就知道他已经搬出了家里。因为，除了这幅画，家里别的东西都是我买的。

　　在民政局离婚那天，我对前夫的态度，就像他是个陌生人。我全程都没有正眼看过他，仿佛已经对他免疫，倒是他的样子看起来有一点难过。

　　抢走他的那个女人还打电话跟我嘚瑟。"你知道吗？我和他好了都有大半年了！"我当时甚至都不怎么气愤，一点儿都不想和这个偷鸡摸狗了之后还沾沾自喜的女人争抢。我宁可不要了。

　　离婚后没多久，一个在武汉的师弟来上海找我。这个师弟之前只见过我一面。他说，想接我回武汉，想和我一起工作。我同意了。那样，我就可以和父母、女儿一起在武汉生活，那是我的故乡。

　　回到武汉后，我开始和师弟一起工作。然后，我们恋爱了。我的生活令人羡慕。师弟很有才华，文字和影像作品都出众。他比我小十岁，帅得像个骑士。那时，我们开车去东湖边看夕阳，牵着手去电影院，整夜讨论文学和艺术。

　　我们聚集了玩滑板、涂鸦和说唱的一帮街头人士，开始策划文化推广的一系列活动。明明都是师弟找来的资源，但他总是让我站在领头的位置，而他站在我身后。

和一帮新认识的朋友放着音乐，拎着啤酒，踩着滑板，围成圈玩Freestyle，这样欢声笑语的日子，是我在中年婚姻失败之后，自以为可以轻易转危为安的迷醉光景。

我给公司取名叫"燃"，想在这个城市烧一把火。

当时我以为，我能一直这样生活，直到我老去。现在想想，多么幼稚。渡过了一个磨难，这只是个开始！

两年前公司刚开张，奥特曼顺着招聘广告上的信息加了我微信。他说，对我们公司很感兴趣，想认识我。我在微信上和他聊了一下，发现他看过很多书和电影，不管和他讲什么话题，他都能一点即透。他一直说想来我们公司看看，但两年间一直没有来过。

两年时间可以发生很多事。

第一年的时候，我和师弟分手了。清晨五点，师弟的电话一直响，躺在他身边的我接了。对方是一个说话急匆匆的女孩。

"我知道他有女朋友，还比他大很多。可我就是喜欢他，我有这个权利。"

我和师弟面对面坐着。

"之前，你喜欢我什么？"

"才华以及长相、气质吧。"

"那不能算喜欢一个人的理由。"

"当然算了。"

我搬出了师弟家，找了个酒店式公寓住，在二十几层。

我每天早上出门，走进透明的观景电梯，按了到地下一层停车库的按钮后，感觉就像在面前的城市风景中缓缓下沉。起初，我看到远处高楼错落，晨光羞涩微闪。电梯带着我逐渐下落，视野越来越窄，我看到马路边的办公大楼中，人们在工位上吃早点，准备开始新一天的忙碌。再往下降，我看到近处体育馆的屋顶，由正圆逐渐变成椭圆，再变成一条线。在地面的篮球场上，几个正在打球的年轻人也看见了我，直到电梯带我沉入地平线下，进入公寓的地下停车库。

为了不影响公司的运转，师弟在分手后还和我一起工作了一年。

有一次开周会时，我已经说不出新的振奋人心的话，将很多尖锐的问题抛上台面。师弟推了椅子，背了包就走，我当着全公司人的面追着他跑下楼。我哭了："你别走。"他就停在那儿了。我拉着他的背包，将他塞回座位上，然后回到办公室，一边擦眼泪一边继续工作。

有一次，我被一个刁钻的客户骂了。他分明是故意为难我，但我想到公司的困难，忍了。师弟第二天早上给我买了早点，偷偷放在我的办公桌上。他和我之间，并未丧失战斗友谊。有时候，我们还会在午间休息时下几盘国际象棋。我根本无法聚精会神，总是输给他。

又一次在公司会议上起争执后，我看着师弟愤然离去的背影，没有再拉回他。他有点赌气，在彻底离开之前办了一场告别演出，邀请了我们所有共同的朋友，唯独没有叫我。

那天晚上，好多人来劝我，要我去演出现场挽回他。我没有去，独自在公司哭了一夜。

之前，我经常和师弟一起，陪着歌手们去大学后面的小黑馆子街吃饭喝酒，看他们玩Freestyle。每次我都跟在他身后，穿过那条挂满了简易招牌的长长街道。小笼包、粉丝煲、炒花饭、家常菜，那里的物价十分便宜，只要花很少的钱，大学生和穷人都可以吃饱。我看着油烟萦绕中他的背影，比别人都冷峻挺拔，便觉得，若能一直做着喜欢的文化活动，就在这里吃一辈子也挺好。甚至更穷一点，也没关系。

我总是太以自我的理想为中心，也要求亲近的人和我一样。

师弟写了一篇告别文，说他离开武汉时身无长物，这两年里做了不切实际的梦，并不是真的开心。我想起分手前有一次吵架，师弟让我选，恋爱还是一起工作，只能选一样。那时只要我流泪，只要我从背后抱紧他，总能挽回一切，所以我什么都想要。想到这里，我哭到失去了知觉。最后，我在他的文字下留言：

"谢谢曾经的你，保重。"

从此他离开了武汉。我再也没有见过他。

两年里，奥特曼都以一个旁观者的身份，每天默默在朋友圈为我点赞和留言。看到我生活里的变化和坚持，他总是会在合适的时候为我加油打气。在我和师弟分手后的那一年，奥特曼和我聊天变得多了一些。他会主动提起一些兴趣爱好、价值观方面的话题。

　　他问我分手后感觉如何，我说以后不想再恋爱了，他说我以后一定会再恋爱的。我说如果还有下一次，不想再找帅哥了，没信心和小女孩争。他说不是小女孩的问题，我的心态需要改变一下。我说要找个清心寡欲的"食草男"，不会劈腿的那种。他说肯定会找到的。

　　在师弟走后的颓废期，我朋友圈里经常会发一些在公司加班的照片，显得忙碌而积极。奥特曼开始关心我吃饭的时间问题，问我工作压力情况，他总是能将关心做到礼貌又有分寸，让我无法排斥和拒绝。但其实对我来说，他只是一个闪烁的微信头像。

　　今天，就在我的公司正面临着最严峻的考验时，奥特曼突然出现在我面前。我和他说了两句话之后，就要准备上台演讲了。我走到舞台侧方等提示，远远地看着他站在人群中。

　　舞台上，一位二十岁出头的青涩少年正在唱着自己写的歌。"我站在光谷中心，唱到光武中兴，武汉热，肯定热过东京。"这个歌手是武汉本地人，他没有帅气的外表，但是写的歌很耐听，对家乡也饱含深情。

　　一位漂亮的女记者——艾莎，正在台下采访刚演出完的歌手。奥特曼离艾莎就几米远，他一动不动地站在那里，眼睛一直紧盯着她，这个细节被我看到了。我突然想起来，我与艾莎认识，正是因为奥特曼几个月前在微信上将她推给我。她在我们这个城市也算有名气的才女了。

"也许他喜欢艾莎，但她不喜欢他？"我突然这么想。的确，艾莎挺有才华的，也很美，而且她比我年轻十岁。我猜想，之前他和我在微信上聊了两年多，却从没来找过我，也许他今天来，就是为了见艾莎的吧？

我心里正这么想着，主持人喊我了，紧接着我就上了台。台下乌压压的一片人，好多投资界的人都在台下看着我。我的演讲发挥得不是很好，也许是我想起师弟了，我讲得词不达意，感觉没多少人听进去。可当我对大家弯腰鞠躬致谢时，底下还是响起了掌声。

我内心已经孤僻到不再相信掌声，我很清楚自己是在强行硬撑。萧伯纳早就说过，人生有两种悲剧，一种是万念俱灰，另一种是踌躇满志。面对成功的诱惑，人性的贪婪会使人在该谨慎前行时因不同寻常的期望而冒进，却在该止损时因无法承受失去的痛苦而不愿放弃。我早已踏入深渊，并且是我自愿的。

那天我很忙，周围始终围着一大堆人，对讲机也一直不停在响，我把奥特曼一个人晾在那儿没工夫管。

在后台，我碰到了艾莎。"奥特曼来了，你不去打个招呼吗？"

艾莎眉头微微一皱。"我真的忙，没空陪他。"说完就匆忙走开。

活动结束之后，我看见奥特曼在人群里遥遥地对我挥挥手，他指了指大门口，表示即将要离开。我也挥了挥手，一直看着他。他弓着背，衬衣有点皱。他看了我一眼，然后低下头，默默走出人群。

奥特曼给我的第一印象：不帅，非常羞涩，言行举止细心周到，外表儒雅斯文，但并不是很自信。

公司那天的活动效果好到令人意外，平时与我们关系好的歌手都给足了面子，演出非常精彩。活动持续了十个小时，到场三千五百人。活动视频发出去后，到处都有人想认识我。

那天，是我倾尽全力的辉煌一时，紧接着迎面而来的是资方不会继续投资的现实打击。这时，我才不情愿地承认，自己之前的想法是不切实际的。事实上，那天演得再好也没有用，根本感动不了资方。

"文化如果不能快速变现，对我们来说毫无意义。"

"可是文化是需要沉下心来做的，变现不会那么快，只要坚持就一定会有成果。"

"您是个文化人，我表示敬佩，但是，目前市场上需要的是网红公司那样的流量矩阵。"

其实网红公司的操作十分简单，对外招聘一些好看的女孩，让她们打开美颜镜头，对着镜头翻唱流行曲，说一些嗲嗲的话即可，可我觉得那根本不是文化。我偏要寻遍武汉的演出场地，从各处找来最好的创作型歌手，花时间精力为他们做推广，我觉得这才是做文化。

　　这些歌手不屑于做任何人都能轻易做到的事情，所以一直都没什么钱。但也正因此，他们保留了自己鲜明的个性。在我眼中，他们是尚未被人们发现的宝藏。

　　然而我倾尽全力，用光自己的积蓄，也没有撑到这些宝藏被人们开启的那一天。

　　"那我们还剩下多少时间？"

　　"两个月，如果你们不能在两个月内转型，这里会被改造成一家网红公司。"

　　一位年轻的歌手在录音室里，重复念诵一段歌词。

　　心里挣扎了一夜，撕掉魔鬼的契约。

　　不需要谁能理解，流量不代表一切。

2

　　我经常在时间缝隙里突然跑去看女儿。每当我在外面奔走，看到和她差不多大小的孩子时，我都会难过到胃疼。离婚后，我在城市的另一端工作，只好将女儿托付于父母，而我只能每个周末去看她。

　　我父母家特别大，女儿经常在屋里骑小自行车。客厅的柜子上放着我父母的奖杯。

　　我童年时的生活其实很艰苦，正是因为父母的奋斗才让我搬出了出生的棚户区，受到很好的教育，让我从小到大都能做想做的事。

　　我大学毕业后便离开家乡，在上海过了十几年悠闲安乐的生活，在三十六岁之前，我几乎没有遇到什么挫折。可是那些无忧无虑的生活，从来也没能使我创造出什么。如果不是因为婚姻失败，我也不会落叶归根，从底层重新开始打拼，也不会了解到什么是真正的现实。

　　"妈妈回来了。"女儿从三角钢琴前的凳子上跳下来，一阵小跑窜到我面前来，对我伸出她的小手臂。我蹲下来平视她，她拥抱了我一下，用热腾腾的小脸贴着我。

吃饭时，我妈将一块糖醋排骨夹给我。"你还在做公司吗？"我没有回答。

"你根本就不适合做生意，为什么要养人？"我妈已经退休，她之前曾是这个城市有名气的企业家。

女儿快四岁了，天生就知道维护我，她奶声奶气地说："你们不要给我妈妈压力！"

我将最后一口饭吃完。"我想去参加一个电影创投比赛。我想用我们公司的歌手拍一部电影。"

"学艺术毁了你一辈子。"我妈头都没抬，"为什么你都快四十岁了，还搞不清楚自己该干什么？你长得也不错，学历又不低，工作能力还挺强，随便进一家公司做个高管，把自己的交际圈子打开，找个正经男人嫁了，再生个孩子，这对你来说有何难？就算你不想再嫁人了，家里房子这么大，我们也只有你一个女儿，你回来住，既能够照顾孩子，又能省一笔开销。我们又不图你赚钱养家，你不想工作也没关系，只要不去瞎折腾，比什么都强。"我什么都没说，轻轻放下筷子。

从家里离开之后，我直接去了公司。连续五个夜晚，我都没有回自己住的地方，就睡在公司的沙发上。

我妈说的任何一句话，我都听不进去，那些根本不是我想要的。而我想要的，从来就不是她能理解的。

　　我打开了电影创投比赛的网页，开始写一个关于歌手的故事。网页上显示已经有四百多个项目报了名。

　　一个月之后，我在比赛入围前十五名的名单中看到了自己的名字，并收到了主办方的通知，需要去比赛现场讲解项目，才能决定最终名次。

　　比赛现场设置在一个大型演播厅，这是我第一次参加正规的电影项目比赛。观众席的第一排坐着的是电影行业里最权威的评委，都是一些平常我只有在媒体上才会看到的人。观众乌压压一大片，有好几百人。

　　一个评委问我："你打算用谁来出演你的电影？"

　　"我想用一些并不出名的歌手来出演这个电影。这个故事来自我经历的一些事，但这并不是一个成功者的故事。我身边那些地下歌手的生活状态，也和大家平时在综艺节目里看到的那些已经成名的歌手不一样。"

　　比赛结束后，结果尚未公布，我在赛场外的花坛边抽烟。一个穿着灰色棒球衫的短发女孩向我这边走过来。

　　"嘻哈音乐现在火起来了，我本来以为你是为了蹭热度，听了你的讲述，才明白你是有态度的。"她递给了我一根烟，我灭掉手里那根，又接着点上。

　　是的，我还有我的态度。

　　"我理解的励志，不是那些直接通向成功的路径，而是失败了再坚持，再失败再坚持，这个周而复始的过程。"

　　她听完微微点头，笑了一下，继续抽烟。这时一股微风悠悠暗袭而来，吹散萦绕我周围的尼古丁烟雾。远处花坛里清淡的薰衣草花香悄悄慰藉，脑海里莫名响起钢琴的前奏。

也许是我的幻想作祟，此刻的情景，仿佛变成了一首歌。

我站在山崖，看着奔腾的河流慢慢凝结成冰。

我拥有不灭的记忆，在每一首歌里身临其境。

名次公布，我入围了前五名，并获得了一个特别奖。

在面临人生重大转折的这几年，我就像一个吊着线的木偶，困在原地，平衡着希望与绝望，从未松懈怠慢。

我等这一刻，已经太久了。

以前看过一部电影，里面有两位美丽的白衣少女，她们都是教会里的孤儿。一个叛逆活泼，目无神灵，什么都要捣乱。另一个平静而又虔诚，严谨守纪。在一个傍晚，她们穿着白色的袍子，去到一个幽暗的森林。那个叛逆的少女想转身离去，而那个虔诚的少女则向前一步，走进沼泽，拿起一根沾着淤泥的藤条，狠狠抽打自己。

人们只看到我的叛逆，哪里会知道我的虔诚。

即便是电影项目在创投比赛中获了奖，离实际成片也还有很长的一段路要走。我明白，自己还得煎熬很久。

一个落魄的歌手来了公司，他之前住在拆迁的废墟之中。我已经养了三个歌手，没有多余的钱付他工资。他只能白天骑着小黄车送外卖赚钱，晚上通宵在录音室写歌，每天只能睡四五个小时，我让他睡在公司的沙发上。

我想尽力保住公司，尽管我的妈妈和孩子等着我，希望我尽快回家。只要我转个身，贫穷和焦虑就不复存在，但我就会被淹没在每一天的闲适日常和我不甘心的平庸里。

尽管我在懂行的人眼中具有价值，可我身边的资本根本不会耐心等待。如果他们的目标不能达到，他们会拿起火把，将我两年的努力全部化为灰烬。

我的精神状况堪忧，有时一天我可以喝掉一整瓶野格。酒精渗透了身体里最微小的缝隙，像一只爱捣乱的猫咪。

我经历过很多个因为追求自己的理想所遭遇的挫折，很多个自我折磨的至暗夜晚，又完全靠自我说服强行撑过。

脑海里总有一个声音在对我说："你适合做这件事。只要做成了，就可以证明你是对的而那些人是错的。现在还没有到决定胜负的时候。"

只要这么想，我就可以在每一个清晨重生，再燃起熊熊斗志。

3

　　和奥特曼见面后的第二天，我在朋友圈发表了对《敦刻尔克》感到失望的看法。尽管这是个很成功的导演拍的战争片，但他只讲了一些表象上的故事。他的视角聚焦在战争胜利的那一方，而战争是关乎每个人的。他没有触及真正的人性。

　　奥特曼在微信里问我，为何会这么说。于是我给他讲了同类题材的片子《赎罪》做对比，讲了《赎罪》原著小说作者麦克尤恩，讲到他写的另一部小说《水泥花园》，这部小说也被拍成了电影。我说喜欢《赎罪》里面的长镜头，奥特曼就给我讲国内独立电影《路边野餐》里的长镜头，还讲了武汉的电影独立放映。

　　我身边的歌手们平时看电影不多，我做电影项目这件事他们也未必能理解。我觉得在电影方面可以和奥特曼聊，询问之后他告诉我，他毕业于我们城市最好的大学之一，读的也是我很喜欢的专业——新闻学。怪不得在我平时办演出的时候，他都会写长长的一大段文字发在朋友圈，以这样的方式来支持我。

奥特曼在电影方面的知识是自学的。他看过很多纪录片和独立电影，离我的梦想很近。他说，他虽然工作很忙，但愿意用业余时间帮我做点事。于是，我和他讲了我正在做的电影项目。

他认真地分析了我的长处，并鼓励我做所有认定的事情，他认为我精神的纯粹性很可贵。他要我看一些片子，他推荐的每一部影片都对我有所启发，使我受益。他又说，可以将他的硬盘带来我公司，把里面的电影拷贝给我。

我在那时主动问起了艾莎和他的关系，他回答得很干脆："就是朋友。"他说起艾莎时的语气轻描淡写，让我觉得他们之间并没有发生什么，是我多想了。于是，我就轻易相信了他说的，他第一次见我那天，不是去找艾莎，而是特意去看我的。

他主动说他是单身，并且自己买了房子，单独住。

只隔了一周，他就来了我们公司，给我带来存了很多电影的硬盘。那天是个周末，我一个人在公司加班，正打算通宵写作。他来之前对我说，他只能在我这里待一个小时左右，之后他就要回他妈妈家吃饭。

那天，奥特曼打扮得比第一次见面时讲究些。他穿着一身黑色的休闲套装，细看还是有一点帅的。可能是周围没有其他人的缘故，他显得比第一次见我时放松了很多。到了公司后，他坐在我对面的沙发上，公司里养的猫时不时跑过去和他打着玩。

我穿着一条紧身黑色连衣裙，坐在他对面两米远的椅子里。

我们随便聊聊，一个小时很快就过去了。中间他妈妈催他回去吃饭的电话打过来四次。他对我说了四次"我真的要走了"，但一直没走，一直不愿意停止说话。

我催他赶紧走，他出门前回望了我好几次，说一定会约下次见面。我笑了笑："还会再让我等两年吗？"

一周后的再一次见面，就是一场燃烧的开始。

那天是个周五，奥特曼提前了两天约我，说邀请我周五去他家里看电影。晚上我们在一个小餐厅吃了牛排，然后一起坐车到他家。

刚刚坐下，他的手机响了。他接通之后，压低声音对电话里的人说："你稍等，我在忙。二十分钟后，我打给你。"

他一边用手机打字，一边问我："你想喝茶还是酒？"

我说酒。

他走到厨房，给我简单调了一杯君度，端到我面前。然后他说，要出门十分钟，去外面走廊打个工作电话，让我先坐一会儿。

我当时就怀疑："是不是他要给其他女生打电话，不愿意被我听到呢？"但又觉得，自己不应该这样揣测别人。

我环顾这间屋子，女性化的东西实在是太多了。一对绒布小恐龙坐在一头粉红色的沙发猪上,黑板上还画有可爱的字体和小猪佩奇。"他是萌物收集者吗?"我上了个厕所,发现镜子前面还放着一把很可爱的小梳子。

过了一会儿,奥特曼回来了。他在屋子里收拾了一下,把我刚才看到的东西都放进了柜子里。他做事轻手轻脚,细致又麻利。他是我这两年里很少见到的那种正常工作的人,还有一股恬淡的知识分子气息。我之前交往过的男人,几乎都是放荡不羁的艺术家。

他不抽烟。我在征得他同意后,拿出一根烟。他去厨房拿了一个杯子倒了水,给我当烟灰缸。

他打开电视,坐到我身边,自作主张给我播放韩国导演李沧东的《燃烧》。他说他之前看过,今天再陪我看一遍。

《燃烧》的故事里,一个很穷的男孩和一个陷入卡债痛苦中的女孩发生了性关系,但又对她的实际困难无能为力。片子里面有描写男孩和女孩的性爱镜头,男孩在做爱时总是避开女孩眼神,一直在看别的地方,过程中几乎没有交流。

女孩面对生活压力感到孤立无援,竟然在这个时候决定去国外旅游散散心!并让男孩帮她照看屋子里的小猫。男孩去了女孩家里好几次,时常在这屋子里手淫。他每次放满的猫粮都被吃掉了,也看见了猫屎,却一直找不到屋子里小猫的踪影。

当女孩从国外回来,男孩去机场接她的时候,看到她带着一个在国外遇到的帅气富人,两人一起拎着箱子,向他走了过来。

他们三个人一起吃了饭。

男孩在停车场看见了富人的豪车。在自己的破车前，在自卑感的驱使下，男孩将女孩的行李放到了富人的车上。女孩以为，男孩对她没有爱，从此连人带猫，一起搬到富人家去了。

其实，男孩特别伤心。

看到这里，奥特曼按了暂停键。他提示我注意刚才的情节，重放了一遍那男孩将女孩推到富人身边的镜头。他告诉我，这是改变命运的一刻，如果这个男孩当时把女孩的行李放到自己车上，坚持要将女孩带回原来的生活，后面的事情就不会发生。

然后他问我："你觉得那只小猫存在吗？"我认真回答："都有猫屎了，当然存在啊！"他笑着看了我一眼。

我们继续往下看。后来那男孩被女孩和富人邀请，三个人又见了一次面。那女孩子喝了酒之后，赤裸上身，在夕阳下逆光跳舞。富人看她的表情像是在欣赏一件艺术品，极其享受，而那男孩的神情则充满了痛苦。

尽管男孩真的十分喜欢女孩，也从富人口中知道了自己是她最信任的人，但由于心理上的自卑，他选择了反向表达情感，他对女孩表达了厌恶。"你不觉得自己像个婊子吗？"然后她伤心地随富人离去，消失在男孩的生活中。

之后的某一天，男孩突然收到女孩的求救语音，却再也找不到女孩。男孩经过查寻，慢慢发现了真相。

原来这个富人是一个精神麻木的变态恶魔。他寻找生活里纯真鲜活的女性生命，用假装出的温柔与关怀骗取她们的情感，然后再将她们的生命彻底毁灭。

被害的女孩不止一个，每次在厌倦之后，恶魔就会在他那些同样麻木的富人朋友面前展示一次牺牲品。这些女孩在经过一次仪式般的装点后，便会被他杀掉。

恶魔每杀死一个女孩，都会留下她的一个物品作纪念，作为女孩们曾经存在过的见证物。

在片子的最后，男孩潜进恶魔家里。他在那里第一次见到了女孩的猫，它便是女孩的见证物。知道女孩已经死去，男孩杀死了那个恶魔，并进行了燃烧的仪式。

看完片子，奥特曼和我聊了会儿，他又给我倒了点酒。他没有对我表白，在整个看片的过程中，我们也没有自然而然的依偎，天色已晚，我在犹豫这时候该不该告辞。

刚想到这里，他的手臂就从背后跨过我的肩膀，用手捂住了我的嘴。他的行为动作和捕获猎物近似，没有给我任何思考和做出反应的余地，直接将我按到沙发上。

在进行过程的中间，他上了一趟厕所，戴上了安全套，回来时他直接抓住我的腿，将我整个人扯平。最后，他以低沉的命令式语气对我说"大声点"，和他平时说话的语气完全不同。

我来不及做出回应，有一种被动的屈辱感。事后我穿好衣服，直接问他："为什么会这样？完全不像平时的你。"

他很平静地回答我："如果连做爱都不用力的话，人活着还有什么意思？"

那天晚上，我在他家过夜，一直都没有睡着。他的鼻炎真的非常严重，一直在打鼾。

他梦话连连，声音颤抖，充满恐惧的样子。

第二天早上醒来，他问我要去哪儿。我说我要回家看女儿。他给我叫了车，然后亲自送我下楼。

等网约车时，他对我说，最近他领了套新房子要装修，让我有空帮他出出主意。

我刚上车，他就在微信上告诉我，他昨晚做了一个梦。在梦里，他和我一起在废墟里逃难时，被一个恶魔围困住了。他说他整晚都在和它搏斗，累坏了。

4

　　从那一天开始，奥特曼从早到晚都会在微信上联系我。尤其是在晚上睡觉之前，我们会聊得更久一些。

　　每个周五，我们都会约见面。我总是在他家过夜后，第二天一早回父母家陪女儿。

　　相处了一段时间之后我发现，奥特曼在现实生活里就像《燃烧》里的那个男孩子一样，言语特别少。他和我依然是在微信上聊天多一些。

　　他在微信上告诉我，他从小身体就不好，曾经很多次，他感觉自己立即就要死掉了。他童年时父母离异，一直和妈妈一起生活。单独出来住才不到一年。他还告诉我，他之前的失恋都是因为女方的背叛，他很受伤。他还说，他以前也创业过，开过一个很文艺的小面馆，最后失败了。

　　我问他，对我印象如何。他说和想象中的不一样，没想到我很甜。我说，其实我不甜啊，苦涩得很。我对他说了我的生活状况，尤其是关于我女儿的那些。他说，在朋友圈里看到我发的女儿的照片，觉得超级可爱。他说，他很喜欢孩子，这在他眼中是加分项。

我经常带女儿外出逛街，在朋友圈发一些我和她的照片，他每一次都会点赞。他经常给我女儿买礼物，在约会的时候交给我，让我在第二天直接带回父母家去给女儿。

那段时间，我和奥特曼之间的联系是甜蜜且频繁的。

不得不承认，这份甜蜜给我带来了力量，帮助我在后续的工作变动中稳住了情绪。这份甜蜜，也始终穿插在我们公司遭遇投资方清算资产、被查封的惨痛过程中。他第一次见我的地方，也是我和师弟一起建立的地方，已经不复存在了。

和奥特曼在一起后没多久的一天，我在公司正常上着班，突然办公室被断电了，我收到通知，第二天公司就要被查封。

一部分受到惊吓的员工当场就收拾东西走掉了。剩下来的七个员工，晚上摸黑帮我抢出了几台电脑和录音设备，偷偷搬运到我租来的公寓里。三个歌手一进门，看到客厅有空地，就立马将录音设备装好，继续做歌，完全不在乎自己身处何种困境。

这麦克风，从未有一天停止过录音。

我还是舍弃不了音乐，可是现在连公司账户都被冻结，我只能让四个不是歌手的员工离开。

平时和我关系最要好的女设计师，临出门时，转过身，拥抱了我一下。告别了她，门一关上，我就流下了眼泪。

　　第二天，一个新的投资人找上门来，他对我们公司的情况有所了解。即便此时的我看起来已经走到穷途末路，他还是欣赏我的才华和意志。他直接给我打了钱，希望我可以坚持下去。

　　我卖掉了自己的车，还清了公司之前向朋友借的钱。为了节省开支，为了能坚持得更久，很快我就搬出原来住的酒店式公寓，找了个便宜的大屋。我将住处和音乐工作室凑合在了一起，将录音室装在了我的卧室隔壁。

　　我和歌手们在路边捡到了一个漂亮的红沙发，抬到了屋子里。我们将电脑都聚在客厅，再弄来一个书架，在墙上贴满了以往演出的海报，眼看着一个像样的办公室就这样一点一点布置起来了。

　　在新的地方待踏实了之后，我整理好各种情绪，打算推翻电影原有的故事框架，开始写一个全新的故事。赛后的这一年，我经历了很多事，好多想法都比原来更深入一些。那段日子，我将自己关在录音室隔壁的卧室里写作，歌手们会送吃的进来。我每天都写到天亮，睡四五个小时后爬起来继续写。

　　尽管没什么钱，我依然给三个歌手付工资，也经常和他们开会交流。只要有一丝希望，我都要撑下去。

　　他们的青春也在燃烧，大家都在争分夺秒，谁都想早一点走出困境。

5

　　奥特曼还是会每天主动和我说早安与晚安，我们的约会因为我的工作压力增大变成了每两周一次，都是去他家。我慢慢和他讲了工作上的变动，他每次都认真帮我分析，给出意见与鼓励。

　　可是，在一个本应该是约会日的周五，我突然失去了他的音信。这之前没有任何预兆，前一天晚上他还在微信上向我道了晚安。我实在是想不通，这是我们已经默认了的约会日。一般我会提前推掉别的事，悉心打扮一番。以他这么细心的性格，不管发生任何事，都一定会有办法让我安心。

　　临近夜晚了，我在微信上给他留言，却一直没有收到他的回应，这使我焦虑了一整天。晚上十点，我才收到他的回复。

　　"前面，我手机没电了。"

　　"我今天有点生气了，你从来不会这样。"我不好意思说为了今天的约会，我还专门在网上买了一条荷叶花边的新裙子。开公司的这几年，我一改以前的优雅装扮，除了在特殊场合，我都没怎么穿过高跟鞋，节俭到只穿三十元一件的员工T恤或运动装。

"你别乱想。"他这么说，好像我有资格知道他的行踪。

"你在干吗？"我问完这句之后的两个小时，他都没有回答。

大约晚上十二点，他回了句："我忙，真的别乱想。"这使我更紧张，连续发了好几条微信。

"你现在在家吗？"

"你睡了吗？"

"你怎么了？"

却再也没有收到任何回复。

一时间，一种难言的羞耻感涌上心头，我竟然不知不觉对那些甜蜜的感受产生了依赖，使自己完全丧失了防备之心。

之前我只是一味地接受，却从未想过当这一切被收回时，我该何去何从。他想对我好时便对我好，想停止时便停止，遥控器一直在他手里。

我想起一些细节。我们只在第一次约会时在外面吃过饭，后面便再也没有在公共场合见过面。我们也从未将对方介绍给自己的朋友认识。除了在微信上聊天和在他家里过夜，我们没有别的交集。甚至，我和他除了在床上，从不会接吻和拥抱。

想到这里我心生怨恨，我不该因为自己的状态低迷就降低自尊，让自己变成一个需要别人来施舍情感、患得患失的人。

我大约思考了两个多小时。我很明确，只有他有了一个新的女人，才能解释这一切。虽然我没有依据，但和他相处的经验告诉我，他的睡眠时间非常有规律，做爱的频率也很稳定，思维也是有惯性的。

一瞬间，我的盔甲上长出尖刺，强硬的一面显露出来。我不能任由自己在一段暧昧不清的关系中失去控制力，该决断时绝对不应该含糊。如果我和他的差异已经纠结成病灶，还不如快刀斩断。凌晨两点多的时候，我删了他的微信。

可是，删掉之后，我还是非常难受。

我整夜都没有睡着，反复衡量自己在他心目中到底有多重要。可我又发现，衡量也没有用。人如果开始衡量了，衡量来衡量去，就是为了在失去与拥有之间做出一个选择。

我真的想失去他吗？难道是我错了吗？是我因为对自身需求的执念而胡搅蛮缠了吗？是我对另一个人进行苛求了吗？还是我自作多情地给自己设置了在他生活里的特殊位置？

我之前明明感受到的全是甜蜜，可现在却迅速转变成一种前所未有的卑微。

我想起他对我所有的好，想起他给我的所有帮助，想起他曾在梦中保护我不被恶魔伤害。他和我的相处模式，并不像我和前夫、师弟那样光明正大，这不是我以前惯有的恋

爱方式，但也不能说明他对我的那些付出就一定不是出于
"爱"。

还没过一天，我就又将他的微信加了回来，很认真地跟
他道歉。

"对不起，我不应该删了你。"

"没事的，我知道你情绪不好。"

"你那天为何不回我微信啊？"

"那天，我实在是太累了。"他一句话便挡掉了一切。

从此以后，奥特曼就再没有每天对我说"早安""晚
安"了。我觉得一直期盼他的回复也很累，就强迫自己不
去在意。我们后来还是会偶尔约会，他也还是一如既往地
支持我。

"你还会想我吗？"

"会。"

有一次，我刚好为工作上的事情联系了艾莎。讲完正事
后，我突然想对她说点什么。

"艾莎，我想问你一件事。"

"啥？"

"你和奥特曼。"

我还没打出下一句，艾莎就反问我：

"他对你也下手了吗？"

"……"

"我对这个人没有任何兴趣，你也不用在他面前提起

我。反正之前我只和他相处过很短一段时间，就几个星期吧，后来我就不想再联系他了。"

对于艾莎所说的，我并不感到意外，只是没想到会这么痛。

这样我就能理解，我和奥特曼第一次见面时，他看着艾莎，艾莎不愿意和他说话的原因。我问了艾莎他们在一起的时间段，结果与他和我见面仅仅间隔三个月。

我直接找到奥特曼，当面问了他关于艾莎的事情。他道歉，承认了在这件事上对我有所隐瞒，并强调这是见我之前发生的事。他花了很长时间安抚我的情绪，让我相信他的隐瞒是为了保护艾莎的隐私。他说和艾莎感情不深，是插曲，绝对不能和我相提并论。

"那你的插曲多吗？"

"不算多。"

那一晚，我躺在他身边，看着他睡着的样子。我犹豫着此时该不该放弃。我有一点想退缩，因为这段感情从现在开始，已经变成了我的负担。

可我又觉得，浮躁之所以是浮躁，就是因为放弃得太快。

这绝非我所愿，但又是我所遇。

我还能做点什么吗？如果说有什么东西使我和他近在咫尺却又无法逾越那种距离感，那我有没有为此做过什么努力呢？

我不想失去他，只因为在"爱"这件事上，我尚未尽全力。

6

过了几天，奥特曼在微信上对我说，他想养只猫。

"为什么突然想养猫了？"

"每天下班回到家里，觉得空荡荡的嘛。"

我想起他第一次去我公司时和我的猫玩耍的情景，不知不觉已经过去了一年。

"我原来养在公司那只猫，被我带到现在的工作室了，有空你可以来看看它。"

"你照顾得过来吗？在这么动荡的时期。"

"确实对它照顾不周，它经常生病，也不好麻烦别人。"

"看看它现在的样子。"

他让我把猫的照片发给他看，之后他思考了大约两周，决定收养它。

"我可以帮你照顾它，你也可以经常来看它。"

"可是它耳朵眼睛鼻子，都不太好。"

"没关系，我会带它去看病。我想帮你分担一下压力。"

奥特曼对于收养猫这件事非常重视，他提前一周在淘宝上买了各种用具，在他家里给猫布置好一个温馨的小窝。

因为猫的缘故，我又总是到奥特曼家里去。但我和他的关系依然不能突破到轻松相处，我总是不太敢主动亲近他。

有几次我和他靠得很近，比如，我在阳台看小猫，他过来晾衣服；比如，我在刷牙，他进卫生间拿毛巾；比如，他带我进他的书房，看一架子的书。

我虽然心里很想，但都没有勇气上去抱他一下。

我在微信上直接对他抱怨了拥抱太少的事，他马上说，都是他的问题。不管我抱怨什么，他总是马上说，是他的错、他的原因，我就不好再说下去了。

我们之间的对话越来越少，而我心中的疑问却越来越多。可我的工作实在太忙了，根本没时间去解开他的谜题。

这时，我在最艰苦的条件下，依然在Live House举办了"街上的诗"这场优质的演出。

我没什么预算，歌手们都愿意免费参加演出，不计较报酬，还热心地帮我在高校里贴海报、发传单。演出结束后，我将票房收入都分给了歌手，自己倒贴了场地费。

这场演出使很多原本反对我的人，对我致敬。

三年前，我刚开始做音乐厂牌的时候，很多人在背后议论，说我不是歌手，推广音乐是有其他目的。可我在事业受到重创的情况下，依然亲力亲为地操办说唱演出。我们没有钱在媒体上做宣传，我就在细节上做得很认真，得到了很多人的好评与尊重。

　　其实那些歌手从来也不在乎我有钱没钱。只要他们认为我是真正为这个文化做事的，他们就会站在我的身边。能帮上忙的人，只要说一声就会来。他们聚在我狭小的办公室里，买点便宜的酒，就着点花生米和毛豆，可以从日落聊到天亮。

　　我总是想起这首老歌。

Life's a struggle.（生活是一场战斗。）日子还要过。
品尝喜怒哀乐之后，又是数不尽的troubles（烦恼）。
Everyday（每一天），有多少问题要去面对。
有多少夜，痛苦烦恼着你无法入睡。

　　机缘巧合，我认识了一个优秀的女歌手。一番交流和探讨之后，我决定和她合作，开始策划一个新的IP"不良少女"。

　　文化推广工作就像摸着石头过河，不仅要心态稳，要见招拆招，还要敢于尝试。做这个IP时，我们得到了很多女歌手的支持。

　　"终于有一个专属于女孩的舞台了，这事之前没人做过。"

　　有一天，我带着几个女孩去汉口看演出场地，艾莎特地开车送我们。我坐在副驾驶的位置上，少女们在后座叽叽喳喳地说话，还大声念翟永明的诗。

天下乌鸦一般黑

我感到胆怯，它们有如此多的

亲戚，它们人多势众，难以抗拒

我们却必不可少，我们姐妹四人

我们是黑色房间里的圈套

亭亭玉立，来回踱步……

路过汉口一元路的大转弯时，为了避让旁边一辆突然急拐的车，艾莎的车突然向左倾斜。少女们念诗的声音戛然而止，发出了尖叫，忙着应付平衡。而我的脸正贴在右边的车窗玻璃上，往外看。

我看到一个极美的女子，她就在车外，离我非常近。她就这样一晃而过，差不多一秒钟。

"你们看见了吗？刚才那个车边的女人？"

"什么女人？"

"哪儿？"

其他人都没看见，我就闭嘴了。我清晰地看见了她。

她留着一头乱蓬蓬的长卷发，也许是自然卷。她看起来脸都没有洗，却掩不住五官的清晰艳丽，没有一丝拖泥带水的俗气。

她看起来三十多岁的样子，个子好高，就像一条被虐待过的美人鱼。当时还是七月，大暑未过，天气十分炎热。可她却在这大热天里穿着一条厚棉睡裤，上身是一件破旧的厚衬衣，领口敞开到露出大半个乳房！

　　就在那条危险的机动车道上，她摊开双手，维持平衡般走着，又像在跳舞。

　　她的眼睛大而迷茫，她的视线飘向远方，眼神是涣散的！那就是彻底绝望后，灵魂脱离身体后的解脱。她让我陷入迷惑与恐慌。她到底是什么人？她经历了什么，才会变成这个样子？

　　我再次回望，就看不到她了。

　　我清楚精神被压垮是什么后果，所以总是尽量将自己那些毫无用处的悲观主义都自动接了地气。

　　我做的事本来就很难被理解，不管我做什么，总有人指指点点。那些吃饱了没事做的批评家才不会管我真实经历了什么，他们只想显得自己见解高明。而他们自己早就找个安全的地方躲起来了，任何有风险的挑战都不会去做。如果我因在乎他们的评价而痛苦，这将使他们快乐。

　　既然知道自己无法让所有人满意，那么就要找到自洽的方法。我努力让自己在特定群体中发光发热，尽量吸引更多同类，不会让自己孤独！从小到大，我就喜欢艺术展，喜欢派对和演出，喜欢和漂亮又有趣的朋友们待在一起。我一直深信，只要我活得够精彩，只要我坦荡无畏，只要我一直被人需要，那么我永远也不会疯掉。

　　第二天，我去奥特曼家时，把我看到女疯子的事情讲给他听。一般我不会轻易吐露心声，他已是我唯一的倾听者，总是会很有耐心地听完，我以为他是理解我的。

　　我在一部分人眼中是个攻击性很强的人，算得上是敏感易怒的体质。我随时准备炸毛干架，因为欠揍的人实在是太多了。可我一到奥特曼家，就不再抽烟，也从不在他面前说脏话。

7

　　在我精心筹办"不良少女"专场时，设计师掉链子了。那人拖了我三周，我完全失去了耐心，决定自己来做海报和VJ。于是，我睡眠的时间又变少了，连续三周我都没时间和奥特曼约会。

　　开公司这几年里，我都没睡过几次饱觉，每天都有处理不完的事情。生活在奔波中，我无法理解那些将不劳而获当作炫耀资本的人，从不觉得他们闲适安逸的生活能有什么乐子。我也无法理解那些将做文化当玩票的人，他们其实真的什么都不懂，还以为自己很风雅。我宁可少一些朋友，也不愿意与一些目的不纯的人合作，我无法假装成对他们很有耐心的样子。

　　我有时会直截了当打断别人。"我真的对你说的事没兴趣，别跟我说了。我真的没空！"我只有一贯的严肃和迫不及待要去做的事情。我经常紧绷着，很少会有微笑。

　　我给奥特曼看了我为"不良少女"演出所做的准备工

作，从吸引观众的宣传文案和视觉传达，到现场流程的细节和呈现效果，还有提升观众感受的互动设计和周边产品，每一样我都精心准备。他说我想法大胆，执行力也强，建议我早一点开始做产品结合，他说这样可以尽早实现文化变现。

我很受鼓舞，希望他也能参与我做的事情，于是这次"不良少女"的专场演出，我就让他来给我帮忙。他很乐意帮我，将我们的演出宣传推文转到他的各个微信群，并自己掏钱发红包，请别人帮忙转发宣传。

"不良少女"可不是一般的演出，完全由女歌手组建的专场演出是很少见的。这事难办就两个原因：第一，优质的原创女歌手，数量堪比熊猫般稀少；第二，男人视野里的女人，是不一样的意思。

这些女歌手不仅创作优质，并且各有各的风格。这些女孩中的大多数都来自残缺的家庭，都有不幸的童年。她们要么还是学生，要么靠自己打工养活自己，个个都非常独立。

其中一位少女，今年才十八岁，遭遇初恋。对方看起来是个阳光帅气的男孩，十分幽默，她勇敢地去爱了。在一次演出时，她唱到一半，拿出事先准备好的生日蛋糕，对站在观众前排的他表白。

"我爱你。生日快乐。"

可就在那男孩过完生日的第二周，她却看到他在街上和另一个女孩拉着手。

这世界每一天都会有很多女孩恍然大悟。"只要勉强自己去将就了，就总能看到幻想破灭的那一天。"

比方说，平时看起来很内向的男朋友，其实会在社交软件上假装单身，和众多女孩周旋。比方说，以为伴侣是性冷淡，其实他每周都会花钱嫖妓。比方说，有的男生穷，希望靠女孩来养活自己，而自己再从别的女孩身上找存在感。

伤痛看起来总是比甜蜜真实。但当一个人从伤痛里走出来，他看到的真实会更进一层。

"不良少女"的演出如期而至，奥特曼也来到了现场。

首先，我上场致开场词，宣布演出即将开始，将观众呼喊到台前。

少女们穿着统一设计的黑色T恤作为队服，衣服上有一个圆形的图案，一个"良"字少了一撇，寓意允许自己去做别人眼中不完美的人。这是师弟设计的，我们每个人都穿了，但搭配方式各有不同。我用短裙和长筒靴搭配，也有少女用滑板裤和球鞋，或者同色系的帽子来搭配。

第一个上场的少女穿着紧身牛仔裤搭配队服。她一开口就是流利的英语，观众们炸了。这女孩平时靠教英语和在酒吧驻唱来养活自己，演唱功底非常深厚，摇滚乐和爵士乐也能唱。她知性婉转的高音惊艳了所有人，观众的情绪一下子被带了起来。

到了她的第二首歌，又上来一位少女，两个人演唱了专门为这场演出创作的合作歌曲。

I'm trapped inside of a cage,

lost in the world looking for my peace.

I was meant to find myself on the stage.

When can I feel released?

I'm trapped inside of a cage.

A cage in my imagination.[1]

说实话什么都变了但我没什么怨的。

最开始的感觉是不是已经开始厌倦了?

它被关在盒子里面即将开始被冷藏。

我想把它放了,始终还在逞强。

人们总是站得高了摔得痛了才会清醒。

如噩梦一般突然瞬间就惊醒。

它究竟能不能够走进你的心里?

还是到后面会触碰更多的禁忌?

接着,后面的歌手轮流上台,十个少女一共演了二十几首歌。两个多小时的演出,高涨的热度一直从开场延续到了末尾,观众们的呼喊声就没有停止过。

看到这一切,我觉得之前的所有付出都是值得的。

那天,我依然和第一次见到奥特曼时那样,忙到炸锅。

---

① 歌词大意:"我被困于笼中,迷失在这世间,寻找着我的安宁。我本应在舞台上寻得真我。何时才能释放?我被困于笼中,作茧自缚。"

演出过程中，我被各种陌生人拉扯着，要微信，求合作。奥特曼一直在后台帮我操作电脑，他负责播放演出时的背景视频，没时间到台前来。

我被叫到舞台上，开始说演出结束语。我拿着麦克风，只觉得灯光亮得好刺眼，观众都挤到了最前面。我和所有少女手拉着手，弯腰对观众深深鞠躬。最后一个环节是和观众们进行大合照，少女们将我推到了中间。

拍完合照就意味着演出结束了。我赶紧从台上下来，去演出后台设备控制区找奥特曼。当时，我真的好想马上跟他走，可我必须出席接下来的演出庆功宴。

"辛苦你了，我明天去你家看猫吧。"

"最近忙装修，我妈一直住在我家。"

"那等你装修完吧，你要好好照顾自己。"我送他出了酒吧。

电梯门关上的那一瞬间，他看着我说："你真棒！"

我有种冲动，好想在此时按住电梯，冲过去拥抱他一下。可我只是默默看着电梯门合上，切断了我和他两两相望的视线。

我以为，他是以我为荣的。

8

"不良少女"演完第二天，我要带女儿上街。那天阳光正好，女儿一见到我回家就特别兴奋，拉着我满屋子窜。

我妈那天感冒了，心情不太好。她白了我们一眼就到里屋睡觉去了。

这时女儿把我偷偷拉到阳台上，指着一条已经晒干了的米黄色公主裙，让我给她换上。我把她的头发散下来，扎了一个发卡，她站在镜子前认真端详自己。

我父母家楼下是汉口百年老租界区的步行街，是这个城市最繁华的街区。那天刚好办了文化市集，满街都是鲜花。艺术家们摆了摊位，路边放着画架，好多人坐在那儿画风景写生。

女儿下楼以后就特别亢奋，一头扎进市集人群里奔跑着玩。我拎着大包小包还有她的水壶，赶紧冲过去跟着。

女儿在一个摊位跟前看到了用电子烟吹出来的白色泡泡，她没见过，一下子尖叫起来。街上路过的人都看着她微笑。

她像条小斗牛犬般冲出去，扬起短小的手臂跳起来扑打那些腾腾升空的白色泡泡。她的动作坚决而有力，小裙子飞扬起来，引起路人围观。好几个摄影师围着她拍，但她毫不在意。

逛完市集，我带着女儿坐在一家路边的咖啡店吃布丁，突然收到了奥特曼发来的微信，里面是一张公众号的截图，标题是"今日市集最佳笑脸"，上面是刚才女儿在市集上拍打泡泡时被拍的照片。我看了之后很惊喜，问他在干吗，他说在家里陪他妈妈。

"好想要到这些照片。"

"我去想办法。"

那天傍晚，我和女儿回到家里时，我妈已经醒了。她垮下脸，命令女儿立即脱下身上的裙子，换上棉质的衣服。我妈埋怨我，说我不会带孩子，这裙子是化纤的，不能贴肉穿。

女儿不愿意，撒着娇不想脱。我妈就对她吼："你怎么就跟你妈一个样？"她拽着女儿的手，强行要脱她的衣服，我看着有点心疼。

我妈开始骂，说我不该带她去乱吃东西，等下会喂不进饭。我没有反驳，躲到厕所里去抽烟。过了一会儿，我妈开始给女儿喂饭，我走上前去，想帮点忙。

"你还是回避吧！你一回家来，她就绝对不会好好吃饭了，她跟着你就不乖。你还敢叫'不良少女'？"她狠狠瞪着我身上的T恤。

女儿见我挨了骂，用力拍打桌子，大声喊："别骂我妈妈！我就不吃！"我妈气得打了她两下，拽住了她的手臂准备强行喂饭。

女儿扯起嗓子嚎哭："妈妈救我。"我妈松了手，女儿朝我跑过来。我立即跪在地上，拥抱了她。我流泪的时候，她反而不哭了。我从小就很骄傲，不管怎么被我妈打击，我从不认怂。但在那一刻，我彻底给生活跪下了。

那天晚上，我又进入了"至暗时刻"。

我回到卧室，还是没法开始工作。我已经虚弱到了极限，不敢靠近窗边。三小时内我洗了两个热水澡，但还是浑身发抖。

我逃不开幻想的魔咒，开始细算我未来最坏的可能。在这个"至暗时刻"，幻想都有了画面，我如同身临其境般绝望。

无数幻想出来的命运碎片，在虚空中刺眼地闪烁。黑暗里伸出长长的触角，暴怒般抽打我，我张开双臂挡住它，怕它触及我所拥有的。我担心遭遇飞来横祸，担心女儿受到各种伤害。崩溃时这些担心突然变成清晰又具体的画面，惊吓和恐惧使我不断流泪。

唯独在想到奥特曼的时候，我放慢了思考的速度，内心慢慢缓和平静下来。

9

几天后，奥特曼在微信上给我发了那天女儿在市集上被拍的全部原片。我才知道他去托了一圈媒体的朋友，找到了现场的摄影师，才要到了这些照片。

我已经好久没和他约会了。有一次，我在朋友圈里看到他去了一个音乐节，发了几张现场照片。我就问他为啥不约我去，他说是朋友开车带他去的，车坐满了，所以没叫我。

我对他说了孩子被我妈打的事情，他马上安慰了我。他还说我女儿实在是太可爱了，以后可以改跟母亲姓。

我告诉他，那天在经历"至暗时刻"的时候，我想起了他。

他告诉我，过几天要去日本，想要找我借个大一点的旅行箱。他在微信上问我，要不要到他家看猫，顺便把箱子带过去。

我特意穿了条明艳的裙子去了他家。

我找了很多理由宽慰自己。"肯定是因为我太忙，所

以他才会越来越少联系我，他还是会想我的。"我还想着，
"今晚一定要勇敢点，要主动抱抱他。"

可气的是，我一到他家，就丧失了好不容易鼓起的勇气。

这个晚上，在整个做爱过程中，我一直轻声说"抱抱
我"。他还是没有如我所愿拥抱我，也没有说话。

我脑海中突然出现一个尖锐的声音："他已经不爱你
了！这就是你们的最后一次！"但接着，又有另一个温柔的
声音在说话："他不是一直在联系你，一直在感动你吗？你
为什么要失去他呢？"又出现了一个坚定的声音，说得最为
确定："他此时还不是真的爱你。只有当他走到你面前，紧
紧拥抱你的时候才是。"

我脑子乱了，又有点自责。其实，我也从未抱过他。

已经在一起这么久了，为什么我还是会觉得连拥抱他的
资格都没有呢？

奥特曼去了日本以后，在微信上给我发了一些街景的照
片。他和我聊了一下，说那里真是一个好地方。他叫我以后
一定要带女儿到那边看看，却没有说，他会带我们去看看。

他还告诉我，他在一个古朴的小寺院里给我和女儿求了
一个护身符。我告诉他，我每天都会想他。我还告诉他，他
不在的这段时间，我会写好一个故事框架，然后再去一次北
京，在电影项目上努力推进一把。

奥特曼从日本回来以后一直都没有和我联系。我找了
他，说我要去北京了，主动约他来我的住处，让他给我送回

旅行箱。

　　我将繁忙的工作排开，预留了整整一天的时间，用来收拾屋子和等待他。中间我联系过他好几次，他都说会来的。

　　那个尖锐的声音，一直在反复喊着："你别等了！他不会来！不会来的！"

　　果然，快到晚上的时候，他才告诉我，今天不能过来了。我一下子整个人都蔫掉，不甘心。

　　"那我去你家吧。"

　　"我妈过来了。"

　　"你是不是，除了我之外，还有另一个女朋友？"

　　"没有啦！别瞎想呀！"

　　他和我约定，等我从北京回来之后再和他见面。

　　其实在我和奥特曼之间，不管我怎么被他忽视，我都从未失去一个权利，那就是，我总可以直接对他提问。

　　我的问题总是直接切入要害，也许这就是我最后用来对抗黑暗的武器。假设他一回答我的问题就不得不骗我，那么只要他骗我，这些慢慢累积的罪恶，就会像悄无声息的黑色粉末，最后汇聚形成一团炸药。

　　"他在骗你！"我内心里尖锐的声音已经完全占据上风，坚定的声音也在规劝我面对现实："别折腾了，工作要紧！"

　　我花了两个通宵，将要去北京的工作全部准备妥当。临出发前八个小时，我给奥特曼写了一封长信，在微信上发给了他。

第二天，我调整好状态去了北京。那天，奥特曼收到信，却没有回给我任何信息，只是给我到达北京时发的朋友圈照片点了一个赞，这也是他给我点的最后一个赞。

那两天，我在北京的所有工作都很顺利，足以让自己的不开心烟消云散。是吗？

在北京开会的时候，我的老师告诉我，在我写出的文字中，他最喜欢一个关于我亲身经历的短篇小说。

"你的经历，很多人编都编不出来。"

回到武汉，我立即联系奥特曼，他还是没有回复我。我看到他在朋友圈发了一张在东湖边晒太阳的照片，看起来休闲而惬意。可是这照片是谁给他拍的呢？

自从我去了北京之后，他就再也没有联系过我，点赞已经完全消失。他还在朋友圈发了一首自己翻唱的民谣歌曲，尽管十分难听，但是里面唱到"我思念越来越远的你"，那是不是在说我呢？

我很清楚，这是一种疏远，是结束的暗号。可我真的倔强，凭什么由他来决定什么时候结束呢？我的猫还在他家里呢！他还欠我一个未能达成的拥抱！

那天晚上，刮起了大风。

我刚看完话剧《平凡的世界》，从剧院出来。可能是因为话剧的影响，我内心有点激动。若不能掌控自己的生活就不能成为人生的主角，难不成我就甘心成为别人生活里的龙套？我直接在剧院门口叫了一辆网约车，去奥特曼家。

上车之后，我想了想，做好了最好和最坏的打算。如果他家里没女人，我就去拥抱他，直到他抱我为止，我们以后就好好的。如果他一直都不抱我，我就松开他，好好和他告别，但是要带走猫。如果他家里有女人，我就一句话都不说，直接带走猫。

快到他家时，我直接给他打电话，他接了。"你稍等我一下，我在忙，二十分钟后我打给你。"

就是这句一模一样的话，使我回想起我第一次去他家时，他出门打那个神秘电话的瞬间。我产生了幻觉，仿佛此时此刻还有另外一个我，正在他的房间里，正坐在那个我和他第一次做爱的沙发上，那也是艾莎曾经坐过的沙发。

这幻觉驱使着我，在那一瞬间靠近了另一个我。当我开始按他家门铃时，内心的纠结搅成一团，我迫切需要一个明确的结局。

10

当事情简单到只有"真的"还是"假的"这两个答案的时候，它必然已经抽离大片琐碎，指向一个尖锐的刀锋，再没有丝毫回旋的余地。

在他开门的那一瞬，我看到他的表情，就立即知道了答案。

他用一种悲伤至极的哀求表情看着我，从门里面走了出来。他走出来的时候用身体挡住了门，那是在防止我闯进去。我在他反手关上门的刹那，忍不住问了句傻话："你为什么要骗我啊？"

他垂下眼帘，低下头，温柔地扶住我的肩膀，这是第一次。

他将我拉到楼道里，顺着楼梯往下走了两层。

他用一种前所未有的、卑微到尘埃里的姿态，压低声音，求我听他说。

他承认，此时他家里正坐着个女孩。

他承认，他骗了我。

他承认，他道貌岸然。

他承认，克制不了对有才华的女子的兴趣，确实很想得到，可也确实是过了一段时间就会失去兴趣。我问他为什么？他说他也不知道，总是过了很短的时间，他就没有兴趣了。

他说，他从未经历过长时间的恋爱。

他说，对不起。

我听完，一反常态地对他使用了强硬的语气，就好像此时停止伪装现出原形的人是我。

"你不用再说了，就这样吧。今天我要将我的猫带走，我们此后互不来往。"

这时他求我坐在他身边，然后又一言不发。

他说，他现在只想和我这样安静地坐着。他说，他从没遇到过这样的情况，脑海里一片空白。

我不耐烦，再没有一丝柔情。"别麻烦了，我总要走的。"

他垂下头。"对不起，你的任何感受我都知道，我都懂。"他说这些话时的样子，比以往的任何时候都诚恳。

是的，他都懂，这就是我最难过的地方。他一直都是那个最懂我的人，我为这个悲苦的事实而难过。

"你是什么时候开始打算放弃我的？"

"其实，我从小就生活动荡，记忆里只有这几年的时间是过得安稳的。前段时间，我特别想安定下来。"

"好，别说了。"

这时我才明白，原来在他心目中，也觉得我的那些努力是没有价值的。这时我才意识到，他以往为我付出的那些，真的是好为难。

两年前我光鲜亮丽时，他认识了我。他第一次见我那天，是我们公司最辉煌的时刻。他喜欢上我的那天，是在我那间风格独特的办公室。现在的我容颜憔悴，前途未卜，精神还处在崩溃边缘。

我现在才明白，我之前每一次对他诉苦，对他讲述我生活里的那些经历，我的那些抗争，都是他所惧怕的。

楼道里没有光，他在黑暗里问我，"为什么？你可以成为这样的人？"他双手捂住眼睛，不敢看我，"我想成为你这样的人，但我做不到。"

看到这样的他，我没有了任何情绪。我变得轻松起来，毫无顾忌地在他面前抽起了烟。我和他在楼道里不知不觉待了两个小时，我们一起回到他屋子里时，那女孩已经走了。

我站在沙发前，想起他第一次带我来这儿看《燃烧》的情景。

"我以为你是那男孩，没想到你是那恶魔。"

我和那些女孩，曾交替坐在这沙发上，轮流躺在他的床上。他对那些性爱其实是记忆混乱的，他用欺骗去控制，感受那种交替带来的快感，让他以为自己拥有过，并且不害怕失去。

我回想起那天在他家醒来，他说的那个为守护我和恶魔搏斗的梦。他没有告诉我，那恶魔也是他自己。其实当我与他度过第一夜之后，他的内心就开始矛盾了。他对我的依恋与背弃，也就是男孩与恶魔之间的搏斗。

"我也曾经是那个男孩，我也曾死过很多次。"他说的其实也没错。在他听我倾诉的时候，在他支持我的时候，在他关心我的孩子的时候，在他为我们祈福的时候，都是那个男孩的人格。

"假设我今天来，没有碰到这女孩，我鼓起勇气拥抱了你呢？"

"如果时间可以逆转，我希望主动去拥抱的人，是我。"他从未像现在这样平静而温柔，可是已经无法挽回。

我曾经见过那些生长在黑暗之中的花朵，它们哀伤地衰败着，终其一生追求以痛为乐，直到麻木，再也振作不起来。

操纵矮人们去搭建一座宫殿，或是骑着仙鹤来到白云边，我们可以轻易分辨这是两种不一样的疯狂，但却无法轻易分辨，现实中那些围绕在我们身边的人随时切换的面孔与人格，他们所处的空间和角色，他们为自保而给别人营造的幻象，以及当这种幻象破灭时所造成的情境坍塌。对人性的信任幻灭时的万念俱灰，也可以引发一种疯狂。这种疯狂，要么是有深刻的领悟，要么是一种深入骨髓的麻木。其实人们始终都盼望自己是被自由之心驱使的，可以自由地选择自己想要的空间、时间和人，对吗？当他人的存在对自己造成妨碍，疯狂必定发生！对吗？

这时候，那些女孩谁是谁？是怎么重叠的？都已经不重要了。重要的是，他在欺骗。千万不要忽视欺骗，它建造的一切终将倒塌，终将让人在无法逃避的真相面前，跪下。

我终于进入一个可以将所有事情全部串联起来的场域。我已经不再提问，我只想带走我的猫，从他的生活里消失得无影无踪，这也已经是我能够给他的最后的痛感了。

最后，那猫一直不愿意被带走似的，从背包里钻出来好几次。它跑过去用身体贴着他的腿，抬头看着他。他养了它几个月，是真的很用心呵护，阳台上全是给它买的玩具。

他就站在那里，一脸绝望地看着猫。其实他对这只猫照顾得比我周到。我总是为了节省，自己买药给猫治病。他则是很有耐心，经常带它去医院。

猫终于被我抓住，再次被塞进包里。他趴在包上和猫对视，它也一直看着他。他几乎是有点儿手足无措，开始来回踱步。

"你带上这个吧，这个东西它已经用习惯了。"

"我不要！你以后再养只猫，自己用吧。"

"这个药是我今天刚找医生专门为它开的，必须要带上的。"

他一边哀求我，一边抢过我的背包，硬把药塞进包里。他还拿出一个扭蛋，要我带上，说是在日本买的，是带给我女儿的礼物。

　　我一时愣住，将扭蛋拿在手上握了一会儿，还是塞还给了他。

　　"谢谢你，但是我不需要了。"

　　到了该举起火把的时候了，我想将这一切烧得一干二净。

　　我坐在出租车上，猫就在我旁边。路过长江大桥时，我看着宽阔的水面暗浪奔流。

11

　　第二天，我做完手头的工作，打算和艾莎把这件事说明白。尽管很难开口，但我还是将一切原原本本地告诉了她，她很快就理解了我。

　　"你知道那个唱民谣的花子吗？他们俩都是我的微信好友。我看他们这两天在朋友圈互动挺多的，像他的风格。"

　　我听了以后大吃一惊！花子我是知道的，是这个城市很有名的民谣歌手。她如雏菊般可爱，非常年轻，比我更有名气。我一下子就慌乱了，让艾莎去问问究竟。

　　过了一分钟，艾莎用微信语音对我喊："果然！"她给我看了花子在微信上的回复截图，花子正是那个我去他家时撞到的女孩。

　　"他实在太恶心了，他得到的是零。"艾莎很生气。

　　他专挑有才华的女孩下手，就因为他自己没有这些天分，他想要的不是女孩本身。看起来他好像得到的是零，但只要我们得到的是负的，他就会有快感。

　　我与艾莎和花子，我们三个人同时删了奥特曼的微信，将他从各种微信群踢出。我们给身边所有的女性朋友提醒，这件事被迅速传开。

　　几分钟后一个电话打来，传来他熟悉的声音："是我！是我！你能听到吗？"

　　"你说！"我没有挂电话，想看看他到这地步了还想说什么。

　　他的声音非常悲伤，几乎在颤抖了："对不起！对不起！是我的错。对不起！你做的都不过分。都是我的错。"

　　"我真的再也不想见到你了！"

　　"好。我保证，我再也不会出现。"他重复了好多遍"对不起"，声音逐渐哽咽。"我最近找了个心理医生，我想给你写信，我求你了，请给我一个邮箱地址。好吗？"

　　"不用了！"

　　电话挂掉后，我知道，我们不会再联系了。我知道，他不会如我之前所期望的那样，在将来的某一天，出现在我面前，那时候他已经治愈好一切，会主动拥抱我。我知道，我有生之年，再也看不到他变好的样子。

　　猫，我已经拿回来了，剩下的只是慢慢消除回忆。

　　其实有一点我无法否认，我未来的梦还是和他有关，因为文化工作的关系，因为同在一个城市的关系。他那戴着眼镜、包裹严实、微微弯腰的背影，和城市里众多个这样普通的身影叠化重合。或许，我以后会在一个新的舞台上，在黑压压的观众群中，远远看到他戴着帽子和口罩的身影；或许，那时他会带着一个新的女孩；或许，以后就算面对面遇到他，他还是会表现得很淡定；或许，到那时候，慌乱的反而是我呢？

我会永远记得他说的，他无法成为我。我只要继续做我自己，便是胜利。

人生中，有多少次勇敢地身临其境，就会换来多少次的顿悟。身无一物时，才会看到本真的自己，反而能找到生存在这个世界上的原动力。我一直都相信，打通任督二脉一定是痛彻心扉的。当美丽的变得不再美丽，当富有的不再富有，当被溺爱的人发泄完所有任性，当善良的人被所有人都欺骗一次，当骄傲的人跪下。

可我，又该去向何处呢？我所留下的每一个悲伤的印记都不是偶然，黑暗之中的焕彩乐章，在我的生命里长响。我感受到了命运的不可思议，让我这样的女生总是能遇到自己想要的挫折。

我总是可以将遥不可及的梦拥在怀中，我总是可以真真切切感受到，它的温度急速升高，漂亮的火焰就像振动的翅膀，将我的意识慢慢带到空中。

我心里最温柔的那个声音，在做最后的念诵。"当最小的那团火焰完成了最后的跳动，她的形容已成枯槁，那缕白色的轻烟很快就消散了，她此刻不会再有任何痛苦了。她慢慢升高，她看到他继续活下去了，并失去了对她的所有记忆。紧接着，她的意识开始消失，她飘向了空中。"

　　我突然想起那天在马路上看到的那个极美的疯女人，这时，我猛地抽了自己一巴掌，痛到立刻惊醒。

　　我拉开窗帘，放了一首好听的歌。一瞬间，屋子里有了音乐，一切就全变了。我抽了一根烟，继续开始工作。

　　也许我这辈子都到达不了我的理想，但这依然不能阻止我燃尽我的生活。

跋

我的写作之路

　　我走上写作这条道路，是之前没想到的。有人问过我这个问题："你是为何写作？"每当别人问起，我就会不知所措，每次回答也含糊其辞。有时，我会说是为了给自己影视项目里的故事打好基底；有时，我会说是被一个偶然遇到的艺术展触发了灵感；有时，我会说是为了将自己以前的记忆美化成虚构的故事。我每次说的都不太一样，这些理由站不住脚，也都不是我认为的真正的原因，我回答时的心态，就好像在欺瞒什么。如今走到出版这一步了，一定要白纸黑字说出一个确切的答案的话，那我只能说，我之所以写作，可能是因为心中始终存有一股无法消解的愤恨吧。这股不知从何而来的愤恨，使我从不愿意轻易与生活和解，各种日积月累憋在我心中的不顺畅，使我变本加厉地找机会发泄。我十分任性，没完没了地折腾，经历了诸多生活的波折。

　　我不是从阅读进入文字的，而是从自己的意识进入的。因为一些经历，先有了我这样一个人，我开始阅读和思考，然后才是我的写作。我是在快四十岁的时候，几乎是快要走投无路之时，才开始真正地将过往积攒下来的语言碎片编织缝补起来，形成整篇的文字，我称这件事为写作。

　　对于写作，我从不敢说自己有什么天赋，也不会讲自己知识渊博，更不会将动机联系到浪漫高洁之处，也完全不敢说受了谁的影响。与其将写作这件事说成是命中注定，倒不如说是将错就错。

　　我父母都出生在社会底层家庭，祖上几代都是平民，家族里也没有出过一个文化人。我在武汉市六渡桥棚户区出生长大，那里的生活贫困艰辛。长大后，我曾去那里找寻我还记得名字的小学同学，从街坊邻居们的闲言碎语里得知，他们中的一些人被关在牢里，有的甚至是无期徒刑。

　　我父母在他们的年代里挣扎过，得到的一切都来之不易，这让我离开了棚户区，过上了体面一点的生活。我从小到大自己选择接受的教育，都不是我父母希望我学的，所以要和他们进行思想交流，让他们理解我走的道路，也是不大可能。

　　为什么是我自己选择的，而不是他们？一是因为他们的意见打动不了我，我从小就对他们希望我成为的医生和律师之类的职业毫无兴趣；二是因为他们自己也不太懂我的领域，他们是理科和商科的人，要忙着积累财富，对文化研究颇少；三是因为我从小就能"骗过"他们，让他们以为我有前景，从而放松警惕。直到他们老了以后才发现，我选的路是场"阴谋"，后悔莫及也没有用了。

我父母在外人看来，都是紧跟时代发展又有能力改变自己生活的人，配得上"成功"二字。而我在他们看来，是个不听劝并且屡战屡败的傻子。由于我抛弃了原先在大学里教书的稳定工作，非要投入水深火热的生活中，他们对我的失望之情溢于言表。我妈在我家楼下遇到我，若是旁边站着邻居，她会马上将目光移开，假装不认识我。可我分明记得，小时候曾被她引以为豪，也曾被她紧紧拥抱过。我无法成为她希望中的那个人，自己也是惶恐的。我父母那代人经历过太长时间的物质恐慌，我妈一生都很勤奋，也帮助过很多人，只是对任何她觉得失控的事物都会忍不住憎恨，并且比我更为硬核。而我爸，他对我妈的隐忍，仅仅因为在工作能力方面略逊她一筹。小时候，他也曾偏袒我，但现在，他的身体越来越不好了，我不能再像以前那样对他哭诉，他也不会再安慰我。他只希望能活到我女儿成年，对我已不抱期望。其实，我十分惧怕失去父母的爱，但因为我的执迷不悟，使这已成定局。关于其中原委，在我的短篇小说《我存在过》和《燃烧》中，已经交代得很清楚了。

我从小就很野，比一般的男孩子还调皮，大人们拿我没办法。我对绘画着了迷，也偷偷看了很多杂书。十五岁时，我又迷上了摇滚乐，便觉得自己就是宇宙中心了。我的性格张扬，也总是有人赞同。在人群中，我总是充当组织者，喜欢带着一堆人瞎闹。高考时，我选择了湖北美术学院油画专业，遇到了魏光庆老师，他对我影响至深。他不仅是位受人敬重的艺术家，还有一份难得的真性情。他对学生用心良苦，对强者不示弱，对弱者不示强，他的品德与境界令我敬佩。他从没有责怪我，反而经常鼓励我，于是我就想，以后要做个和他一样酷的人。

大学毕业后，我离开家乡，去了北京，在中影集团做了一段时间影视后期技术工作，然后又去北京电影学院进修，还做了一些摇滚现场纪录工作，见识过很多思想性和生命力都很强的人，他们活得炙热。与这些人相比，我不算放肆的。在之后的人生中，我一直都保持着热情高涨，不管做什么都当成玩，不管玩什么我都很认真。

后来我又离开北京，去上海大学美术学院教书，这个阶段有十二年。我除了教书之外，大部分时间都是和学生待在一起。

我是一个爱玩电子竞技游戏、生活上不拘小节的大学教师，可往往最聪明的学生总是容易被我吸引。他们喜欢结队去我的工作室，和我待在一起。我们要么一起打游戏，要么一起做艺术项目，总是欢声笑语。那些项目都挺有趣，有时在世博馆天幕轴上用光影造海洋世界，给里面的小动物们编故事；有时为舞台表演制作整体的视觉背景，使舞台仿佛存在于一个虚拟空间；有时研究某个地域的传统文化，建造虚拟的博物馆。这些项目让我和学生们尽情发挥了想象力，也磨练了我的团队管理能力和艺术项目的执行力。

二十六岁时，我和好朋友任杰合作，他当时是PK14乐队的成员，我们都是武汉人，二十岁之前就认识。之前，他经历了武汉朋克音乐萌芽的时代，我也是见证者之一。我和任杰在投资人刘侃的支持下创办了《艺术工场》栏目，采访了多位知名艺术家。这个项目使我从艺术创作者转型为艺术传播人，在艺术领域崭露头角。

那时候我总觉得，若自己学得不够多，就没资格带领学生。于是我在工作最忙的时候，去读了中国人民大学的新闻传播学硕士。由于在学习、工作和玩上都要花时间，我干脆将它们融合在了一起。我的硕士论文写的是虚拟空间里的艺术传播，结合了我的数字艺术专业教育经验和研究过程，也结合了自己多年玩网络游戏和竞技游戏的体验。

离开上海大学之前，我几乎没受过什么挫折，连受到的批评都很少。我的语言库不断更新，善于接受新事物，这使我特别容易获得学生们的认可，适合与他们相处和合作，而我也通过他们了解到最新的文化讯息。每年都会毕业一波学生，但也会来一波新的。我混在他们当中，不知不觉青春逝去。

与学习和工作同时进行的，是我的感情经历。这部分是最贴近私我的，也是十分波折的。我从几段婚姻和多次恋爱中全身而退，并非因为我抱有什么女权的反抗意识，仅仅是因为我对亲密关系容易产生怀疑和厌倦，并且死活不愿意将就，总是想迅速逃离罢了。我对男人普遍抱有歉疚感，他们对我挺好的。他们一开始总以为能拯救我，到后面，他们也都有点害怕我。但不管怎样，我从和他们共同制造出的问题中，一点点进步，成为更好的人。我绝对不会重复同一种痛苦，而是擅长在改正一个错误后，又制造出新的麻烦。有时，我会觉得自己从未被真正爱过，我只是男人们的战场。也许，一切都是我故意为之，而这一切也终究会风平浪静。

　　两性之爱对我来说抽象又虚幻，经常引发我的恶念。在我看来，"母体"这个概念看似柔和，可就像一种悄然裹缠又令人窒息的黏液，可以将人淹没其中。它拥有控制权，并站在道德的最高处。那些办法管用，并且代代相传。有些人终其一生，从未脱离过"母体"的控制，只是自己浑然不觉而已。那些有关"母体"的事情，恐怕也只能通过我将来的写作才能讲得清楚。不过，有一点我十分确定，我是有最爱之人的。这个人究竟是谁？我认为自己是有资格去界定的。但只有在多年以后，我才会通过写另一个故事，来揭示这个答案。

　　我在三十六岁时，才懵懵懂懂生下我的女儿，无论我有多么不愿意长大，也必须得因为她而变得主动又强大。我从一开始就想好，我要克制自己，不要成为一个挥霍强权的"母体"，不要去控制她，要对她保持耐心，做她一生的朋友。

　　女儿一岁多时，我就离了婚。我着急想重启新的生活，开始新的历险，便冲动地从上海大学辞职，回到家乡武汉开始创业。之后的生活对我来说，是一个残酷又真实的新世界。后来我才意识到，之前在温室里待了那么多年，我被周围的人保护得太好了。之前的我，沉醉在自我膨胀的幻境里，而在后面几年，几个微不足道的坏人就可以轻易给我整趴下好几次，我才发现自己是那么不堪一击。

没有人知道我付出了怎样的代价，才艰难地爬了起来。那几年，我为了坚持自己认定的理想，耗光之前赚来的所有积蓄也在所不惜。我越是这样，有些人就越是想看到我的破灭。我能不这么狭隘地去仇恨吗？我做不到。我的情感非常强烈，也非常脆弱。我将这些情感注入每一个由我创造的角色，在自己写的故事中寄托慰藉。我身上那部分坚硬的东西，我不愿意软化它，这意味着我不会成为"成熟"的人。这样也挺好的，我愿意做个永远"幼稚"的人。

这本小说集里出现的女性，好多也是不希望"成熟"的，哪怕一直延续到赛博朋克的未来，她们也依然是"少女"。

写作本身就是一种救赎，我相信于很多人而言，这对缓解痛苦很有效。正因为我回到自己的家乡，经历了磨难与挫折，才会遇到那些真正给我带来温暖的人。我们在武汉的街头相遇，每个人都有一段伤心过往。那些情感是自然产生的，平等又绵长。那些人都明白，我是离开了家，花光了钱，毁了容颜，吃够了教训，才开始写作。于是他们将埋在心底里的故事都挖了出来，细细地讲给我听，成为我故事里的人。我写下他们的故事，才发现大家同在一个深渊里。

回了家乡以后，我一边在商业地产项目里给人做艺术顾问，为人举办文化活动，一边养着自己喜欢了多年的独立音乐。我经常帮商业客户规划宏大的文化愿景，但其实我认为很难实现。商业和文化的游戏规则不同，两者很难融合。如果一味逐利，缺少了基本的人味，自然也做不成真正的文化，做点一捅就破的文化泡泡就差不多了。有好多人不能鉴别出真或假，连方向都不知道在哪里，怎么可能走对的道路。想靠文化赚钱，是很难的。为了给音乐人发工资，让他们安心创作，我还要接一些很辛苦的商业项目来赚钱。有一次做项目期间，我为了节省往返时间，在地下停车场里连着睡了四天，最后这个项目得了行业里的最高奖，而我辛苦养着的音乐人里也出了白眼狼。

我对音乐的扶持，也不尽是竹篮打水一场空。大浪淘沙中，我认识了一个比自己小二十岁的少女，她叫心妹。这是我的幸运，她是个至纯之人，我们一起创办了女子独立音乐团体。后来，我们遇到了冲天小火箭和奶牛baby，还有一大群做音乐的女孩。和这些少女在一起工作时，我们做到了团结互助，曾被媒体誉为中国最大的女子音乐团体，一起出过两张专辑，并且在没有资本扶持的情况下完成了全国巡演，登上了大音乐节的舞台。我们共同经历的酸甜苦辣，成为我的中篇小说《全是少女的舞台》的创作背景。

这个故事，我原本是想将它拍成电影的。我在动荡不安的生活中，在公司沙发上躺了五天，赶出一个关于歌手的故事，参加了一个由中国电影家协会在武汉举办的电影项目创投比赛。获奖之后，我遇到了当时的评委王红卫老师，他的睿智仿佛可以洞穿一切，他给了我很多帮助和建议。那是我最落魄的几年，最不自信的时候，可我燃起斗志，忍不住地写，在其后的四年时间里，我一共写了二十多万字，并且不断涌现出新的创作灵感。在此，我也感谢中国电影家协会的郑阳老师，还有我的朋友吴江老师、赵珣、黄苇、张建、荣雪晶和荣雪莹姐妹俩，他们都是电影行业里的专业人士，都给过我很多肯定与支持。在我的生活陷入窘迫之时，商界的朋友杨蓬和肖铭楷，我过去的学妹郑芳和学弟郑炜，这些人都在那时善待于我。

通过书写文字，我将电影画面想了个透，我迟早会启动我的电影项目。文学也是我现阶段对影像表达的一种基础，凡是我经手的影视项目，我都希望先有小说出来，再进入编剧阶段。我需要在最开始就十分确定我要什么，以免在其后的创作中迷失方向。

在成长的过程中，我经历了从文化艺术蓬勃发展、内容丰盛的时代，迅速发展到如今这个阅读、信息、观览，全都碎片化的时代，实在是瞬息万变。最初，是文学使我求得安慰，产生了思想启蒙，它有我最习惯的语境。我从未放弃阅读，并从文学、艺术和影视作品的相互参照中汲取养分。

去年，武汉经历疫情，我成为一名志愿者。我和喻颖妹、曹杨、孙茉、肖晶几位女生共同组成"天使小分队"。当时我们配合"微光救援队"和国内两个艺术家大群"大象艺术群""本古艺术群"，将几百位艺术家和几千位社会人士捐赠的物资送达医院，这件事使我再次发挥出行动能力。在此要感谢嘞皮和他的伙伴们、冯毅、周翔、周媛子、张小涛老师、陈曦老师、李冰老师和仗义出手为我的少女团队设计视觉方案的王朝老师。那段时间，我受到广泛关注，却因为过度劳累，心理一度陷入低潮。他人的赞誉已经对我无效，我陷入一种从未有过的孤独，怀疑别人眼中的"我"的真实性。在那时，我心系的唯有文字。

疫情过后，我将手里的商业项目都停掉，开始专心写作。这时，我在杨涛老师的介绍下认识了丁东亚老师，他看了我写的小说后，肯定了我的优势，还一直给我提出意见，并希望我能一直坚持写作的道路。

我的这次出版，一定要感谢我的老同学熊芳，我们俩十八岁时在同一个班学水彩画，住在同一个寝室。我给她看了我平时随手写的零碎手稿，她当时就认为我应该去写作，她还说想成为我的第一个读者。如今，二十四年过去了，我才兑现了对她的承诺。这次出版，也正是由她将我的小说递到海天出版社。

这次有幸由海天出版社出版我的小说《全是少女的舞台》《我存在过》《燃烧》。尚未谋面，他们就为我做了很多工作，给我寄了合同。我特别对海天出版社的何涯、戚乐也、林凌珠衷心致谢。

出版第一本文集之前，人们无法说清楚我是做什么的。我在不同领域做过不同的事，并不是一两句话就能说清楚的。不同人看我，功能和属性都不一样。语言的能力是有限的，这是我在写作之前就明白的事。我在经历了这么多事之后，产生了强烈的表达欲，再加上前面我所说的愤恨，写作在此时已经是我自救的唯一办法了。

从此以后，我最主要的身份是一个文字创作者。之前，由于我写的一些短篇小说、诗句、影评，在网络平台上受到一些素不相识的专业人士和陌生读者的认可，也积累了一批期待我作品的朋友，这也是我写作的动力之一。

茫茫人海，谢谢你们。

有很多女孩喜欢我写的小说，这对我来说还挺有意义的。一个十五岁的小姑娘仓鼠，她是我忠实的读者之一。还有我的邻居辛恒，她是有文化的女性，有一天她说起一段在我小说中看到的对白，在我面前落下泪来。还有我的朋友李秦，她也是个写作者，我也喜欢她写的小说。她评价我写的小说像某个原始部落里男人的成人仪式，他们舔舐蟾蜍背上的毒液，将时间放慢，将感官放大后，再去经历雨林黑夜里最原始的恐惧，在日出前成为真正的勇士。

我认识多年的小学妹应紫雪，在看了我的小说后，说没有看错我，还送给我一句话：

有些事，你必须去做，才能成为你。

邓　歌

2021年5月20日于武汉